Manfred Witte
Die verräterische Spur

Manfred Witte,
geboren 1940, lebt mit seiner Frau und drei Kindern bei Hannover.
Er hat bereits eine ganze Reihe von Kinder- und Jugendbüchern
veröffentlicht, darunter auch mehrere Krimis.

Stephan Baumann,
geboren 1965 in München, studierte dort Kommunikationsdesign
und arbeitet seither (wenn er nicht gerade mit dem Fahrrad verreist)
als freier Illustrator für Kinder- und Jugendbücher.

Manfred Witte

Die verräterische Spur

Vier Ratekrimis für helle Köpfe

Mit Illustrationen
von Stephan Baumann

ACHTUNG! ACHTUNG!

**Du hast hier ein paar knifflige Kriminalfälle
vor dir, deren Lösung du selber finden kannst.
Da heißt es genau aufpassen!
Falls du aber mal gar nicht weiter weißt:
Immer am Ende einer Geschichte
ist die richtige Lösung in einer ausklappbaren
Extra-Doppelseite versteckt.**

Und jetzt . . .

. . . VIEL SPASS BEIM LESEN UND TÜFTELN!

In neuer Rechtschreibung

2. Auflage 1997
© 1996 by Arena Verlag GmbH, Würzburg
Alle Rechte vorbehalten
Einband und Illustrationen: Stephan Baumann
Einbandlayout: Bernhard Hartlieb
Gesamtherstellung: Westermann Druck Zwickau GmbH
ISBN 3-401-04633-0

Inhalt

Auf den Leim gegangen

Mein Vater suchte seinen Autoschlüssel.

Mein Bruder Erik suchte seine Sporttasche.

»Da habt ihr nun das ganze Wochenende Zeit gehabt«, sagte meine Mutter. »So was legt man sich am Abend vorher zurecht.«

Zu mir sagte sie: »Sieh zu, dass du endlich in die Gänge kommst, Feli.«

Normalerweise sagte sie »Feechen«. Feli war sozusagen die strengere Anredeform. Erst bei »Felicitas« drohte Ärger.

Ich bürstete seelenruhig meine Haare weiter. Wenn man zehn ist, Sommersprossen, rote Haare und eine Zahnspange hat, dann ist das schon schlimm genug. Dann muss man nicht unbedingt auch noch aussehen wie Pumuckl.

In der Küche stritten sich inzwischen meine Mutter und mein Bruder. Es ging dabei um irgendein Hemd, das meine Mutter gewaschen oder nicht gewaschen hatte. »Muss ich einem Fünfzehnjährigen auch noch hinterherkramen?«, hörte ich meine Mutter erbost fragen. Dann knallte die Haustür, Erik war weg.

»Und wenn du nicht endlich voranmachst, Felicitas, dann flippe ich aus!«, rief meine Mutter. »Jeden Morgen dasselbe, aber am ärgsten ist es montags. Ich hasse Montage!«

»Ich nicht«, sagte ich. »Irgendwomit muss die Woche ja schließlich anfangen, oder?«

»Sehr wahr. Lass dir deine gute Laune nicht verderben, Feechen«, meinte mein Vater. Anscheinend hatte er seine Autoschlüssel wiedergefunden.

»Bestimmt nicht«, versicherte ich. So schnell verdarb mir niemand und nichts die Laune. Dass es heute anders kommen würde, konnte ich ja nicht ahnen.

Es fing damit an, dass ich Nicole neben meiner Freundin Babsi daherkommen sah. Nicht genug damit, tobten auch noch zwei Jungen aus unserer

Klasse, Ingo und der kleine Falk, um die beiden herum. Die Jungen hatten eine Colabüchse aufgegabelt und dribbelten damit um die Mädchen, immer im Kreis. Die Büchse schepperte. Der kleine Falk hatte vor Eifer einen feuerroten Kopf. »Könnt ihr mit dem Blödsinn nicht aufhören? Also echt – ich könnte auf euch verzichten«, giftete Nicole.

Und ich auf dich! dachte ich. Sonst beredeten

Babsi und ich alles Mögliche auf dem Schulweg. War Nicole dabei, mussten wir aufpassen. Sie tratschte. Ich mochte sie einfach nicht.

»Hallo, Feechen«, sagte Babsi zur Begrüßung. »Was haben wir heute eigentlich? In der ersten Stunde Mathe, und dann?«

Babsi war lieb, aber ziemlich schusselig.

»Du vergisst noch mal deinen Hintern«, hatte ihre Mutter einmal zu ihr gesagt, worauf Babsi trocken erwidert hatte: »Schön wär's.« Babsi war nämlich nicht gerade dünn.

»Hobbystunde, Deutsch . . .«, zählte ich auf.

»Hobbystunde?«, fragte Babsi verständnislos.

»Na, du weißt doch: ›Mein Hobby‹. Bei der Braselmann«, erklärte ich.

Jeden Montag in der zweiten Stunde durfte einer von uns sein Hobby vorstellen, immer jemand anders. »Damit wir uns ein bisschen besser kennen lernen«, hatte unsere neue Klassenlehrerin gemeint.

»Ach richtig, du bist ja heute dran«, erinnerte Babsi sich. »Worüber redest du?«

»Über gar nichts. Ich konnte mich nicht vorbereiten, da habe ich mit Karsten Haury getauscht«, sagte ich. Tatsächlich hatte mich plötzlich Panik gepackt: Worüber sollte ich sprechen? Über meine Tenorflöte? Dann hätte ich am Ende noch etwas vorspielen müssen. Nein, danke . . . Über meine Leopardgeckos? Gern, aber wie kriegte ich die in die Schule? Sollte ich von der Theatergruppe erzählen, bei der ich seit kurzem mitmachte? Oder davon, dass ich leidenschaftlich gern Kriminalrätsel löste? Oder . . .

In einem Anfall von Feigheit hatte ich Karsten angerufen und gefragt, ob er mit mir tauschen könnte. Er war eine Woche später dran als ich. »Kein Problem«, hatte er gesagt. »Mach ich doch mit links.« Und ich hatte aufgeatmet. Nach dem Motto: »Zeit gewonnen, alles gewonnen«.

Jetzt mischte Nicole sich zum ersten Mal ein. »Womit beglückt Karsten uns denn?«, erkundigte sie sich.

»Mit seiner Briefmarkensammlung.«

»Gott, wie langweilig«, maulte Nicole.

»Also«, sagte ich ganz friedfertig, »langweilig finde ich Briefmarken eigentlich nicht.«

»Na ja«, sagte Nicole. »Manche Leute haben eben einen komischen Geschmack.«

Da konnte ich mir nicht verkneifen zu sagen: »Jedenfalls sind Briefmarken nicht so stinklangweilig wie Anselms Dosen.«

Die Dinger sammelte der nämlich. Er hatte uns welche mitgebracht. Nach fünf Minuten war ihm nichts mehr eingefallen. Was kann man auch groß über Dosen erzählen? Ob voll oder leer – sie stehen rum und stauben ein und das war's dann.

Nicole lief rot an. Sie war in Anselm verknallt. Bestimmt würde sie ihm meine Bemerkung weitererzählen. Es war mir egal.

»Außerdem werden Briefmarken ständig wertvoller«, fuhr ich fort. »Was man von Cola- oder Bierbüchsen wohl kaum behaupten kann.«

»Hoffentlich passt Karsten auf seine Marken auf«, meinte Babsi nachdenklich. »Damit sie ihm keiner klaut.«

Ich nickte. Tatsächlich war in letzter Zeit ein paarmal etwas in der Klasse weggekommen. Ein Mädchen hatte seinen teuren Füller vermisst, einem anderen Mädchen waren zehn Mark im Umkleideraum gestohlen worden.

»Quatsch«, sagte Nicole. »Niemand klaut Briefmarken. Damit kann doch keiner was anfangen.«

»Höchstens ein Sammler«, warf der kleine Falk ein. Die Jungen hatten ihr idiotisches Dribbling aufgegeben und trotteten neben uns her.

»Würde ich nicht sagen«, widersprach ich. »Wenn die Marken noch gültig sind, wird man sie überall los. Außerdem fragt niemand, woher man sie hat.«

»Wie viel sind Kars-
tens Marken denn
wert?«, fragte Babsi.
»Ein paar Hundert-
markscheine werden wohl
zusammenkommen.« Ich
hatte keine Ahnung, ob das
stimmte. Nicoles besserwis-
serische Art ärgerte mich einfach.
»Ein paar Hunderter!«, sagte Babsi beeindruckt.
»Und wennschon«, meinte Nicole. »Es trifft ja
keinen Armen.« Typisch Nicole. Dabei hatte
Karsten uns alle für morgen Nachmittag zu
seiner Geburtstagsfete eingeladen, die ganze
Klasse. Wer machte so was denn sonst noch?
Eigentlich hätte Nicole es nun genug sein lassen
können. Aber sie war nicht nur boshaft, sie war
auch hartnäckig. »Wenigstens sind Briefmarken nicht so eklig wie Philipps Schlangen, diese
schleimigen Viecher. Wisst ihr noch?«, sagte sie
mit einem Seitenblick auf mich. Dummerweise
ließ ich mich herausfordern.

»Strumpfbandnattern sind nicht schleimig«, sagte ich.

»Ach nein?«

»Sie fühlen sich ganz kühl und trocken an.«

»Ach ja?«

»Ja. Im Gegensatz zu dir habe ich mich nämlich getraut sie anzufassen.«

»Komisch. Ich hätte schwören können, dass sie glitschig sind. Wie Philipp. Der schleimt sich doch auch überall ein.«

Das war die Rache für Anselm. Dabei hatte Nicole bloß gesehen, wie ich mich ein paarmal mit Philipp unterhalten hatte. Das heißt – meist hatte *ich* geredet. Philipp sagte nie viel. Er war lang und dünn, trug eine Brille, war schüchtern, ein miserabler Sportler – also in fast allem das genaue Gegenteil von mir. Trotzdem oder gerade deshalb mochte ich ihn. Ein Schleimer war er jedenfalls ganz und gar nicht. Wer so was sagte, war wirklich total ungerecht. Und Ungerechtigkeit konnte ich nicht ausstehen. Ich hatte den Mund schon geöffnet, um Nicole die passende

Antwort zu geben, da hörte ich zu meiner Überraschung Ingo sagen: »Du redest so einen Scheiß,
Nicole. Da kommt es einem ja direkt hoch.«

Nicole starrte ihn verdutzt an.

»Wirklich. Ich glaube, du bist nur neidisch, weil
Philipp solche Supernoten hat.«

Ich war ebenso sprachlos wie Nicole. Das sagte
ausgerechnet Ingo, der in Mathematik eine
Fünf nach der anderen schrieb! Ich meine, wenn
ausgerechnet so einer Philipp in Schutz nahm,
dann bewies das doch irgendwie Größe, oder?
Dabei hatte ich Ingo bisher gar nicht so besonders gefunden. Er war ein guter Sportler, das
ja. Aber das war auch so ziemlich seine einzige
Stärke und damit gab er auch noch pausenlos
an. So wie jetzt, beispielsweise. Da balancierte
er über ein ziemlich hohes Geländer. Der kleine
Falk folgte ihm mit neidischen Blicken. Er war
noch so klein, dass man ihn beim Turnen auf die
Geräte heben musste. Aber vielleicht brauchte
Ingo so etwas ja. Das Angeben, meine ich. Weil
er sonst nicht viel vorzuweisen hatte.

Während ich noch darüber nachdachte, waren wir in der Schule angelangt. Auf den letzten Drücker, wie meist. Inzwischen war meine gute Laune durch Nicole schon leicht angekratzt. Mathematik mochte ich zwar und die Stunde verging einigermaßen flott, aber dann kam der nächste Tiefschlag: Frau Braselmann war krank! Also keine Hobbystunde und keine Briefmarken, stattdessen Vertretung bei Herrn Hellwig. Von allen Lehrern war der wirklich der langweiligste. Sein Deutschunterricht war ähnlich spannend wie das amtliche Telefonbuch.

Wie oft ich während dieser Stunde aus dem Fenster guckte! Leider gab es draußen nichts Lohnendes zu sehen. Bloß unseren Fahrradhof mit hunderttausend Fahrrädern. Und das eiserne Geländer um den Kellereingang. Der Schacht lag direkt unter unserem Fenster. Vor kurzem waren wir fürchterlich erschrocken. Mitten in der Stunde hatte ein Junge aus der Siebten oder Achten an die Scheibe geklopft. Er hatte sich auf das Geländer gestellt und sich über den Schacht ge-

beugt. Frau Braselmann hatte beinah einen Herzschlag gekriegt. »Willst du wohl da runtergehen!«, hatte sie gerufen. »Das ist ja lebensgefährlich!« Der Junge hatte gegrinst und war verschwunden . . .

Heute klopfte niemand ans Fenster. Ich schaute sehnsüchtig in den Sonnenschein. Nach einer Ewigkeit läutete es zur Pause. »Macht mal die Fenster weit auf«, hörte ich Herrn Hellwig gerade noch sagen, da war ich schon draußen.

Wir saßen dann die letzten Stunden noch irgendwie ab und endlich hatten wir frei.

Babsi und ich trödelten absichtlich herum, bis Nicole verschwunden war. Schließlich waren außer uns nur noch Philipp und Karsten in der Klasse. Philipp gehörte immer zu den Letzten. Weil er in allem so sorgfältig war. Und vielleicht auch ein bisschen umständlich. Jedes Buch und jedes Heft hatte er in blaue Plastikfolie eingebunden, damit nur ja kein Fleck drauf kam. Und genauso gewissenhaft packte er alles ein. Karsten dagegen war sonst immer ziemlich

flink. Aber heute kramte er und blätterte, holte Sachen aus seiner Tasche und steckte sie wieder hinein. Er sah ganz durcheinander aus.

»Was ist?«, fragte ich. »Suchst du etwas?«

»Meine Briefmarken«, murmelte er. »Sie sind weg.«

»Ach komm, das gibt's doch nicht«, meinte ich. »Guck noch mal richtig nach. Bestimmt sind sie in einem Buch oder Heft.«

Karsten schüttelte den Kopf.

»Was ist weg?«, erkundigte sich nun auch Philipp. Er saß neben Karsten. »Briefmarken? Was für Briefmarken?«

»Mann, Philipp, ich hatte dir doch erzählt, dass ich heute über meine Briefmarken reden wollte. An Felis Stelle«, sagte Karsten nervös.

Philipp hob die Schultern.

»Ist ja auch egal«, sagte Karsten. »Jedenfalls sind sie verschwunden, die verdammten Dinger.«

»Hab ich es nicht geahnt?«, sagte Babsi. »Heute Morgen habe ich noch gemeint: Hoffentlich klaut sie keiner. Stimmt's, Feechen?«

»Ich fasse es nicht!«, sagte ich. »Das darf einfach nicht wahr sein! Jetzt bin ich tatsächlich schuld daran, dass Karstens Briefmarken geklaut worden sind. Hätte ich bloß nicht mit ihm getauscht!« Meine gute Laune war endgültig im Eimer.

»Hier klaut doch keiner«, sagte Philipp überzeugt. »Vielleicht hast du sie zu Hause gelassen.« Karsten schwor Stein und Bein, er habe die Marken mitgebracht. Noch in der ersten Pause habe er sie gesehen. Und nun waren sie verschwunden und blieben verschwunden, da biss die Maus keinen Faden ab.

»Wie viel waren die Dinger denn wert?«, erkundigte ich mich.

»Die Allerweltsmarken vielleicht hundertfünfzig Mark. Schlimmer ist, dass auch der Fehldruck weg ist. Er gehört meinem Vater. Der wird schön sauer sein.«

»Fehldruck?« Ich hatte keine Ahnung, was das war. Mit Briefmarken kannte ich mich nicht aus.

Karsten ließ eine ziemlich lange und ziemlich langweilige Erklärung los. Ich begriff nur, dass diese falsch gedruckte Marke in ein paar Jahren möglicherweise Tausende von Mark wert sein würde. Oder auch nicht. Das konnte heute keiner wissen.

»Polizei!«, sagte Babsi. »Du musst sofort zur Polizei.«

»Was hilft das?«, fragte Karsten. »Der Dieb hat sowieso alles beiseite geschafft.«

»Ja«, sagte ich. »Die Chancen wären natürlich

größer gewesen, wenn du den Diebstahl früher bemerkt hättest. Vorhin, als noch alle hier waren. Wenn die Polizei uns dann durchsucht hätte…«

»Das darf sie gar nicht«, warf Philipp ein.

»Wieso denn nicht?«, fragte Babsi verständnislos.

»Weil die Polizei Leute nur mit richterlicher Genehmigung durchsuchen darf, deshalb.«

»Das ist ja doof«, sagte Babsi. »Also – in *meine* Tasche darf jeder gucken. Auch ohne Richter. *Ich* habe nichts zu verbergen.«

»Ich auch nicht«, schloss ich mich meiner Freundin an.

Philipp bekam einen roten Kopf. »Darum geht es nicht«, beharrte er ungewohnt stur.

»Eben«, sagte ich rasch; ich hatte keine Lust mir auch noch einen Vortrag von Philipp anzuhören. »Ich denke, Karsten soll selbst entscheiden, was er tun will.«

Karsten sagte, er wolle erst mit seinen Eltern sprechen. An seiner Stelle hätte ich dasselbe gemacht.

Ich wäre auch nicht mutterseelenallein zur Polizei gegangen und hätte dort Anzeige erstattet.

Gemeinsam verließen wir die Klasse. Vor der Schule trennten wir uns. Karsten und Philipp gingen in die eine, Babsi und ich in die andere Richtung. Ganz in Gedanken trotteten wir nebeneinanderher.

»Sauerei«, seufzte Babsi nach einiger Zeit. »Zu wissen, dass einer aus unserer Klasse klaut. Einer von sechsundzwanzig.«

»Von weniger«, sagte ich.

»Wieso?« Babsi riss die Augen auf. »Hast du etwa einen bestimmten Verdacht?«

»Nein, keinen bestimmten.«

»Aber?«

»Überleg mal: Wer hat denn gewusst, dass Karsten heute die Marken dabeihatte? Außer dir und mir, Nicole, Falk und Ingo kein Mensch.«

»Doch – Philipp.«

»Sagt Karsten. Philipp behauptet, er hatte keine Ahnung.«

»Warum sollte Karsten lügen?«

»Meine ich ja gar nicht. Wahrscheinlich hat er's Philipp tatsächlich erzählt und der hat es nur überhört.«

Babsi guckte zweifelnd. »Immerhin sitzt Philipp direkt neben Karsten«, sagte sie. »Von uns allen käme er am unauffälligsten an die blöden Marken ran. Ein Zack – und er hätte sie gehabt. Total leicht. – Außerdem«, sie geriet in Fahrt, »hast du bemerkt, wie er sich angestellt hat, als es darum ging, ob die Polizei in unsere Taschen gucken darf oder nicht? Woher weiß er das überhaupt? Das mit dieser richterlichen Genehmigung, meine ich.«

»Sein Vater ist Staatsanwalt.«

»Peinlich, peinlich. Stell dir vor, der Sohn vom Staatsanwalt würde klauen!«

»Du hast 'ne Meise«, sagte ich entschieden. »Jeder andere, aber doch nicht Philipp.«

»Na ja«, seufzte Babsi wieder. »Ich glaube es ja selbst nicht. Vielleicht war es gar keiner aus der Klasse? Vielleicht ist in der Pause einer durchs

Fenster geklettert? Weißt du noch, damals, der Typ, der an die Scheibe geklopft hat – wäre das nicht möglich?«

»Vergiss es«, sagte ich. »Es klettert keiner durchs Fenster, geht schnurstracks auf Karstens Tasche zu, fingert sich die Marken raus und verschwindet wieder.«

»Du hast Recht – es war einer von uns. Oder eine«, sagte Babsi.

»Nicole«, schlug ich vor. Es war nicht ernst gemeint, aber Babsi sagte sofort: »Bloß weil du sie nicht leiden kannst, muss Nicole nicht gleich klauen.«

»Na schön – dann eben du.«

»Ich? Du hast sie wohl nicht alle!«, erwiderte Babsi empört.

Manchmal war sie ebenso humorlos wie meine Geckos.

»Mann, Babsi, das sollte ein Witz sein.«

»Noch so 'n Witz, und du kannst dir eine andere Freundin suchen. Und überhaupt – was ist denn mit dir? Glaubst du etwa, du bist von

vorneherein unverdächtig, oder was?«, fragte
Babsi.

Ich grinste nur.

Den halben Nachmittag grübelte ich dann über
dieser dummen Briefmarkengeschichte. Ich
konnte mich gar nicht auf meine Hausaufgaben
konzentrieren. Schließlich hatte ich die Nase
voll. Ich rief Karsten an.

Nein, er habe noch nicht mit seinen Eltern
gesprochen. Sein Vater komme erst abends zurück und . . .

»Hör zu«, unterbrach ich ihn. »Ich werde versu-
chen dir die Marken wiederzubeschaffen,
okay?«

Ingo Falk Nicole Babsi

Philipp Karsten Feli

»Du?«, fragte Karsten, so, als hätte ich nicht alle Tassen im Schrank.

»Ja. Unternimm erst mal nichts, ich habe nämlich eine Idee.«

»Oh toll«, erwiderte Karsten lahm. Er glaubte mir kein Wort.

Zu Recht. Die einzige Idee, die ich bisher gehabt hatte: Ich hatte die Namen derjenigen aufgeschrieben, die von Karstens Briefmarken gewusst hatten.

Meinen Namen strich ich wieder durch. Dass ich die Marken nicht geklaut hatte, wusste ich. Babsis Namen strich ich zunächst auch, setzte ihn aber wieder auf die Liste. Eine Detektivin muss unvoreingenommen sein, sogar der besten Freundin gegenüber, oder nicht?

Dann fing ich mit meinen Nachforschungen bei Philipp an, gerade weil ich felsenfest davon überzeugt war, dass er mit der Sache ebenso wenig zu tun hatte wie ich.

»Ah – Feli?«, sagte er freundlich, als er auf mein Klingeln hin öffnete. »Komm rein. Was gibt's?«

»Ich . . . äh«, stotterte ich verlegen. »Könntest du mir vielleicht mit ein paar Grillen für meine Geckos aushelfen? Das Geschäft hatte keine mehr, und . . .«

»Na klar«, sagte er. »Komm schon rein. Ich muss nur eben in den Keller. Dauert einen Moment.«

Damit hatte ich gerechnet. Philipp hatte mir schon öfter mit Futtertieren ausgeholfen. Er besorgte immer rechtzeitig Nachschub für seine Strumpfbandnattern.

Als ich mich über seine Schultasche hermachte, kam ich mir richtig gemein vor. Und ein bisschen dumm außerdem. Wenn Philipp die Marken wirklich gestohlen hatte, dann hatte er inzwischen Zeit genug gehabt sie irgendwo zu verstecken. Die Wahrscheinlichkeit, dass sie noch in seiner Tasche lagen, war gleich Null.

Halbherzig nahm ich sein Matheheft heraus und schüttelte es. Da rutschte etwas unter der blauen Plastikfolie hervor. Bunt, gezackt . . . Mehrere Bogen Briefmarken! Ich dachte, ich sehe nicht richtig. Wenn mich in diesem Mo-

ment jemand fotografiert hätte – das Bild hätte bestimmt einen Preis gewonnen: das dümmste Gesicht des Jahrhunderts.

Philipp klaute. Ich konnte, ich wollte es nicht fassen.

Ich saß noch immer da wie betäubt, als ich die Wohnungstür klappen hörte. Kurz entschlossen schob ich die Briefmarken wieder unter den Schutzumschlag des Mathehefts. Als ich es hastig in der Tasche verstaute, flatterte mir etwas vor die Füße. Ein unscheinbares, graublaues Papierchen. Der Fehldruck! schoss es mir durch den Kopf. Ich hatte gerade noch Zeit ihn in meiner Hosentasche verschwinden zu lassen, da stand Philipp im Zimmer.

»Hier – deine Grillen«, sagte er.

»Ja, danke«, murmelte ich.

»Ist was?«, fragte er. »Du guckst irgendwie so . . . so komisch.«

»Nein, nein«, versicherte ich und hätte mich für meine Feigheit selbst in den Hintern treten können. »Hör mal«, sagte ich dann, einer plötzlichen Eingebung folgend. »Könntest du mir bis morgen dein Matheheft leihen? Ich bin mit den Aufgaben heute nicht klargekommen und würde gern mal vergleichen.«

Eine Sekunde hoffte ich, Philipp würde ohne Wenn und Aber ja sagen. Möglicherweise hatte er keine Ahnung, dass die Marken unter dem Umschlag steckten. Vielleicht hatte ihm jemand einen Streich gespielt und . . .

»Tut mir leid, Feli«, sagte er freundlich. »Ich brauche es nachher selbst. Für Nachhilfe, verstehst du?«

Ich nickte. Aus der Traum. Philipp war ein Dieb. Wie ich mich für ihn schämte! Ich mochte ihm gar nicht in die Augen sehen.

»Noch einmal danke für die Grillen«, sagte ich mühsam.

»Ach was. Wir Terrarienfreunde müssen doch zusammenhalten.« Er zwinkerte mir zu und ich rang mir ein Lächeln ab.

Zu Hause grübelte ich und grübelte. Weshalb hatte ich Philipp nicht sofort festgenagelt? Warum hatte ich ihm nicht auf den Kopf zu gesagt, was ich herausgefunden hatte?

Nun gut, es hätte mich ganz schön Überwindung gekostet. Wem macht es schon Spaß, einem anderen »Du bist ein Dieb!« vor den Latz zu knallen? Außerdem hätte ich dann ja zugeben müssen, dass ich in Philipps Tasche herumgeschnüffelt hatte. Peinlich, peinlich! Aber das alles war es nicht. Irgendetwas sträubte sich in mir, ich hätte es nicht in Worte fassen können. Obwohl die Beweise eindeutig gegen Philipp sprachen, traute ich ihnen nicht.

Waren sie nicht etwas zu eindeutig? Konnte jemand wie Philipp wirklich so perfekt den Arglosen spielen? Oder wusste er tatsächlich von nichts?

Ich hoffte es so inständig, dass ich beinah daran zu glauben begann. Jedenfalls hütete ich mich Philipps Namen zu erwähnen, als ich schließlich Karsten anrief. »Ich habe deine Marke«, sagte ich. »Diesen Fehldruck, bei dem die Zahlen auf dem Kopf stehen. Du weißt schon.«

»Waaas?« Karsten wäre mir vor Begeisterung fast durchs Telefon an den Hals gesprungen. Selbstverständlich wollte er wissen, woher, von wem, wieso und so weiter. Ich wand mich wie ein Aal, gebrauchte Ausflüchte. Allmählich wurde Karsten einsilbig. Garantiert hielt er zum Schluss mich für die Diebin, die nun kalte Füße bekommen hatte. Ich konnte es nicht ändern.

»Wenn du einverstanden bist, stellen wir dem Dieb eine Falle«, schlug ich vor.

»Und was soll das bringen?«, fragte Karsten ohne große Begeisterung. »Wie denkst du dir das überhaupt?«

»Morgen, bei deiner Fete«, sagte ich. »Da versuche ich es mit einem Trick. Vielleicht geht er mir auf den Leim.«

»Und wie soll das ablaufen?«

»Ich überlege mir was, okay?«

Eine Stunde später brachte Philipp mir sein Matheheft.

»Nachhilfe schon beendet?«, erkundigte ich mich.

»Ja«, nickte er. »Aber dass du mit den kinderleichten Aufgaben nicht zurechtgekommen bist, also das verstehe ich nicht.«

Ich biss mir auf die Lippen. Philipp guckte mich

fragend an. Mir wurde vor Verlegenheit abwechselnd heiß und kalt. Offenbar erwartete er, dass ich ihn auffordern würde hereinzukommen. Doch das war ganz unmöglich. Auf meinem Terrarium lagen groß und breit drei Schachteln Grillen. Wie sollte ich Philipp erklären, dass ich mir vorhin von ihm eine vierte geliehen hatte?

Wir standen uns eine Ewigkeit stumm gegenüber. Endlich kapierte Philipp. Sein Grinsen erlosch. »Na, dann will ich mal wieder abschieben«, sagte er. Kaum war er verschwunden, guckte ich unter den blauen Umschlag. Die Marken waren weg.

Vor Enttäuschung hätte ich heulen können. Ich musste mich wohl damit abfinden: Philipp war ein Dieb! Nach und nach schlug meine Stimmung allerdings um. Mich packte eine Stinkwut. Auf Philipp, aber auch auf mich. Wie hatte ich nur so leichtsinnig sein können! Ich hatte die Briefmarken in Philipps Matheheft gelassen, ohne einen Ton zu sagen. Nun waren die Beweise weg und es war umso schwerer, den

Diebstahl aufzuklären. Ich musste unbedingt meinen Fehler wieder gutmachen!

Am nächsten Tag schaffte ich es irgendwie, Karsten vor der Schule abzufangen. Ich drückte ihm seinen heißgeliebten Fehldruck in die Hand. »Tu so, als wäre nichts gewesen, ja?«, sagte ich. »Du hast dich geirrt und deine Marken gar nicht mitgebracht, okay?« Dann erklärte ich ihm rasch meinen Plan. Auch diesmal erwähnte ich Philipp nicht. Ich wollte, dass Karsten ihm ganz unbefangen gegenübertrat. Philipp war offenbar ein hervorragender Schauspieler. Ob Karsten da mithalten konnte, wusste ich nicht.

Karsten hörte sich alles an und guckte zweifelnd. »Das kommt mir aber ziemlich fantastisch vor«, meinte er. »Glaubst du . . .«

»Was *ich* glaube, spielt keine Rolle«, unterbrach ich ihn. »Es kommt darauf an, was der Dieb glaubt, verstehst du?«

Karsten guckte noch immer misstrauisch. Vermutlich hielt er das Ganze für Affentheater.

Von mir ersonnen, um den Verdacht von mir abzulenken.

»Wenn die Sache nicht hinhaut, gehst du eben zur Polizei«, sagte ich. Hoffentlich brachte ihn das dazu, seine Meinung über mich zu ändern.

»Also so was«, sagte Babsi später zu mir. »War nix mit Klauerei. Zu Hause hatte Karsten die dämlichen Marken. Aber erst wilde Gerüchte in die Welt setzen.«

Ich machte ein undurchsichtiges Gesicht und dachte: Wenn du wüsstest!

Philipp sagte nichts. Ab und zu guckte er mich an, als verstünde er die Welt nicht mehr.

Auf Karstens Fete lief dann alles wie verabredet. Irgendwann brachte ich das Gespräch auf seine Briefmarkensammlung.

»Mit den angeblich geklauten Marken«, bemerkte Babsi spöttisch.

»Von wegen angeblich. Sie sind tatsächlich weg«, stellte Karsten richtig.

»Was denn – nun doch?«, fragte Babsi erstaunt.

»Ich habe nur den Fehldruck wieder«, erklärte Karsten. »Feli hat ihn zufällig gefunden. Ich nehme an, er ist dem Dieb runtergefallen. Der wird sich schön ärgern.«

»Hast du die Polizei inzwischen benachrichtigt? Wegen der Fingerabdrücke auf der Marke und so?«, fuhr ich in unserem Rollenspiel fort.

»Ja«, flunkerte Karsten. »Morgen früh kommt jemand hierher, ein Spezialist.«

Nun hagelte es natürlich von allen Seiten Fragen. Sogar Nicole interessierte sich plötzlich für Briefmarken.

Wir gingen in Karstens Zimmer. Es lag im Obergeschoss. Haurys hatten ein großes Haus. Schon der Treppenaufgang war beeindruckend. Ingo bewies gleich wieder seine Sportlichkeit und rutschte das Treppengeländer hinunter.

Ich beobachtete verstohlen Philipp. Er benahm sich wie alle anderen. Ein bisschen zurückhaltender vielleicht, aber Philipp war ja immer zurückhaltend.

»Nicht anfassen!«, mahnte Karsten, als wir uns

um den Fehldruck drängelten. Klein und unscheinbar lag die Marke mitten auf dem Schreibtisch.

»Pipi-Ding«, raunte Babsi mir geringschätzig zu.

Die übrigen schienen es ähnlich zu sehen. Jedenfalls erlosch das Interesse ziemlich schnell und einer nach dem anderen verzog sich wieder in den Partykeller. Ingo rutschend, wie sonst. Der kleine Falk, der es ihm nachtun wollte, wäre um ein Haar abgestürzt.

Karsten und ich verließen gemeinsam als Letzte den Raum. Die Briefmarke lag unberührt auf demselben Fleck. Niemand hatte versucht sie zu stehlen.

»Und jetzt?«, fragte Karsten.

»Abwarten«, sagte ich.

Karsten schüttelte den Kopf. Arme Irre, dachte er bestimmt. Laut sagte er: »Das Klo ist dort hinten, am Ende des Flurs. Wir haben unten noch eine Toilette. Du brauchst also keine Angst zu haben, dass dich hier jemand entdeckt.«

Ich nickte und er folgte den anderen in den Partykeller. Dort würde er wie abgesprochen verkünden, ich sei nach Hause gegangen. »Plötzliche Übelkeit oder so.«

Ich ließ die Tür einen Spalt offen. Von hier aus konnte ich den ganzen oberen Flur überblicken. Ich setzte mich auf den Klodeckel und wartete. Und wartete . . .

Die Minuten schlichen. Von unten drang gedämpft Diskomusik herauf. Ab und zu schwoll sie für einen Moment an. Dann hatte jemand die Tür geöffnet, um auf die Toilette zu gehen oder was weiß ich. Hier oben ließ sich jedenfalls niemand blicken. Ich langweilte mich entsetzlich. Je später es wurde, desto blöder kam ich mir vor. Irgendwann klapperte Geschirr und es roch nach Essen. Mein Magen knurrte. Die anderen schoben sich Pommes und Bratwürste rein und ich schob hier Kohldampf. Wenigstens ein belegtes Brötchen hätte Karsten mir ja bringen können, dachte ich erbittert.

Nichts tat sich.

Ich warf einen Blick zum Fenster. Jetzt hatte es auch noch angefangen zu regnen. Als ich von zu Hause losgegangen war, hatte die Sonne geschienen und ich hatte nicht einmal eine Jacke mitgenommen. Mist!

Endlich – mir kam es wie kurz vor Mitternacht vor, dabei war es noch nicht einmal acht –, endlich verabschiedeten die ersten sich. Keiner machte einen Umweg über den oberen Flur, alle marschierten schnurstracks zur Haustür. Die meisten verschwanden sang- und klanglos, nur ein paar veranstalteten noch ein großes Palaver. Nicole quasselte mindestens fünf Minuten auf Karstens Mutter ein: wie nett es gewesen sei und wie viel Mühe Frau Haury sich mit dem Essen gemacht habe und . . . Es konnte einem übel werden.

Dann hörte ich, wie Philipp zu jemandem sagte: »Ja, morgen habe ich Zeit. Aber erinnere mich daran, dass ich mir mein Matheheft von Feli wiedergeben lasse, ich habe es ihr gestern geliehen.«

Verflixt! Ich hatte vergessen, ihm das Heft wiederzugeben. Wie ärgerlich! Philipp erteilte also tatsächlich Nachhilfe. Zumindest darin hatte er nicht gelogen. Schade nur, dass ich nicht sehen konnte, mit wem er gesprochen hatte. Das Klo lag ebenso wie Karstens Zimmer auf der Rückseite des Hauses, zum Garten.

Kurz darauf hörte ich, wie der kleine Falk sich über den Regen beschwerte. »Da ist man ja gleich durchgeweicht«, jammerte er. »Wollen wir nicht warten, bis es aufgehört hat zu pladdern?«

»Ach was«, sagte darauf Ingos Stimme. »Wir sind doch nicht aus Zucker.«

»Ich glaube, ich rufe zu Hause an und lasse mich abholen«, überlegte Falk laut.

»Warum denn? Dich trifft ja gar kein Tropfen. Du läufst doch glatt drunter her.«

»Ha, ha! Nur kein Neid. Du schaffst das offenbar nicht, oder weshalb bist du schon so nass?«

Was Ingo antwortete, konnte ich nicht mehr hören. Die Haustür fiel hinter den beiden ins Schloss.

Sie waren die letzten. Gleich danach kam Karsten zu mir. »Na, Meisterdetektivin?«, fragte er spöttisch. Ich zuckte die Schultern. Karsten guckte, als wollte er sagen: Nun hör schon auf mit dem Theater! Doch er sagte: »Dann will ich mein Schätzchen mal wieder wegräumen.«

Niedergeschlagen und etwas steifbeinig vom langen Sitzen zockelte ich hinter ihm her. Ja, und dann hätte wieder ein Fotograf Preise gewinnen können. Diesmal für die *zwei* dümmsten Gesichter des Jahrhunderts. Die Briefmarke war weg! Futsch!

»Also«, sagte Karsten mit belegter Stimme, »wenn das ein Witz sein soll, Feli, dann sag mir die Stelle, wo ich lachen muss.«

Ich sagte nichts. Ich starrte nur auf den leeren, blitzblanken Schreibtisch. Von dort wanderte mein Blick zum Fenster. Draußen regnete es nicht mehr, es goss. Karsten ging und schloss das Fenster. Und da wusste ich es plötzlich. Wie Schuppen fiel es mir von den Augen.

»Darf ich mal telefonieren?«, fragte ich.

»Doch nicht etwa mit der Polizei!«, gab Karsten
aufgebracht zurück.

»Aber nein«, sagte ich beinah fröhlich. »Mit dem
Dieb, selbstverständlich. Ich hoffe, er ist schon
zu Hause.«

Schule hatte er deine Briefmarken in Philipps Matheheft versteckt. Hätte man sie dort gefunden, kein Mensch wäre auf Ingo gekommen. Nachmittags hat er sie sich dann wieder geholt. Philipp gibt ihm nämlich Nachhilfe in Mathe, weißt du.«

»So eine Gemeinheit!«, sagte Karsten. »Das hätte ich Ingo nie zugetraut.«

»Ich auch nicht«, seufzte ich und setzte ein bedrücktes Gesicht auf. Es mochte gemein sein − aber in Wirklichkeit war mir ein Stein vom Herzen gefallen. Nicht Philipp hatte geklaut, sondern Ingo! Wenn ich nun zu Unrecht Philipp beschuldigt hätte! Bei dem Gedanken wurde mir ganz flau im Magen. Ich hätte Philipp nie wieder in die Augen sehen können.

»Was machen wir denn nun mit Ingo?«, fragte Karsten unglücklich. »Wenn ich mir vorstelle, dass wir ihm beinah täglich in der Schule begegnen . . .«

»Ja«, sagte ich. »Das Ganze ist wirklich blöd. Wir werden auf jeden Fall mit ihm reden. Vielleicht hat er ja irgendeine Erklärung oder Entschuldigung für das, was er getan hat.« Das glaubte ich zwar selbst nicht, aber man muss jedem eine Chance geben. »Im Übrigen wird Ingo in etwa zehn Minuten hier sein«, sagte ich. Gegen das, was ich heute hier schon gewartet hatte, waren zehn Minuten ein Klacks.

»Hier ist Felicitas«, sagte ich, nachdem sich am Apparat gleich die Stimme gemeldet hatte, auf die ich gehofft hatte.

»Ich bin noch hier bei Karsten. Wenn du nicht innerhalb von zwanzig Minuten den Fehldruck und die anderen Marken zurückgibst, gehen wir zur Polizei. Und diesmal tun wir es wirklich.«

Schweigen.

»Hast du mich nicht verstanden?«

Tiefes Atmen. Wie ich denn dazu käme, wollte die Stimme schließlich wissen, aber ich schnitt ihr das Wort ab. »Ich habe dich draußen am Spalier hochklettern sehen«, schwindelte ich. »Und damit du es weißt: Besonders fies finde ich, was du mit Philipp gemacht hast. Ich glaube nicht, dass er dir weiterhin Nachhilfe geben wird, wenn ich es ihm erzähle. Also – in zwanzig Minuten. Das heißt, jetzt sind es nur noch achtzehn.«

Damit legte ich auf.

Karsten starrte mich sprachlos an.

»Mach den Mund zu«, sagte ich. »So schwer war der Fall gar nicht zu lösen, nachdem ich erst einmal den Anfang des Fadens hatte.«

»Und was war das?«

»Eine Bemerkung von Falk. Als er nach Hause gehen wollte, sagte er, Ingo sei ja schon nass. Also muss Ingo zwischendurch draußen gewesen sein. Denn als wir kamen, hat es noch nicht geregnet. Außerdem muss der Dieb durchs Fenster geklettert sein, ebenso wie in der Schule. Sonst hätte ich ihn gesehen. Wer außer dem sportlichen Ingo schafft das schon? In der

Lösung zu
»Auf den Leim gegangen«

Die verräterische Spur

Wir saßen in Jepsens großer Küche und frühstückten. Es war Samstagmorgen, halb zehn.
Frau Lieberum schwitzte jetzt schon. Sie war rund und rosig. Wenn sie lachte, verschwanden ihre Augen in den Fettpölsterchen. Frau Lieberum lachte ziemlich oft. Sie war Feriengast wie wir. Ihr schien es hier zu gefallen. Ich dagegen hatte nicht hierher gewollt, mein Bruder Erik auch nicht. Aber mein Vater hatte gemeint, zwei Wochen Urlaub auf dem Bauernhof täten uns gut. Uns allen, hatte er gesagt. Purer Hohn. Er selbst wusste von Anfang an, dass er nicht mitfahren würde, er war auf einem Lehrgang.
»Es ist preiswert«, hatte meine Mutter uns erklärt und dagegen ließ sich nichts mehr einwenden.

»Noch Kaffee?« Frau Jepsen, die Bäuerin, hob die Kanne und blickte fragend in die Runde.

»Gern«, sagte Frau Lieberum fröhlich und hielt ihre Tasse hin. Der Kaffee plätscherte.

»Es wird heute wieder heiß«, verkündete die Bäuerin. Eigentlich müsste ich »die ehemalige Bäuerin« sagen, denn Jepsens hatten die Landwirtschaft an den Nagel gehängt. In den Ställen gab es kein einziges Schwein und keine einzige Kuh mehr. Die Milch kam aus der Tüte, wie bei uns in der Stadt. Herr Jepsen ging in eine Fabrik. Er hatte Schichtdienst, man kriegte ihn fast nie zu sehen. Das alles wussten wir von Frau Lieberum. Sie hatte es meiner Mutter gleich nach unserer Ankunft erzählt. Und dass Anja, die sechzehnjährige Tochter der Jepsens, ein Früchtchen und Peter, der elfjährige Sohn, recht still, aber umso netter sei. Frau Lieberum war sehr mitteilsam. Ich mochte mitteilsame Leute. Meine Mutter wurde bei ihnen immer etwas einsilbig.

»Habt ihr schon in der Zeitung gelesen?«, mel-

dete Anja sich jetzt. »Gestern ist wieder einge-
brochen worden. Diesmal bei Hansens.« Anjas
Worte waren zweifellos an uns alle gerichtet,
doch sie guckte dabei nur meinen Bruder an.
Der bekam prompt einen roten Kopf. Wie jedes
Mal, wenn »das Früchtchen« seine lilafarbenen
Lidschatten auf Erik richtete.

»Wer außer dir hat denn heute schon Zeit gehabt in die Zeitung zu gucken?«, brummte Frau
Jepsen, und Frau Lieberum fragte: »Hansens?
Die wohnen doch nur drei oder vier Häuser
weiter, nicht?«

Frau Lieberum war schon seit vierzehn Tagen
hier, sie kannte sich aus.

»Genau«, bestätigte Anja. »Scheint so, als arbeiteten die Gangster sich allmählich an uns ran.
Vorige Woche bei Bellmanns, gestern bei Hansens . . .«

»Na, bei uns ist nicht viel zu holen«, stellte Frau
Jepsen trocken fest. »Außer Ihren Wertsachen
vielleicht, Frau Lieberum.«

Frau Lieberum lachte geschmeichelt. »Gott, die

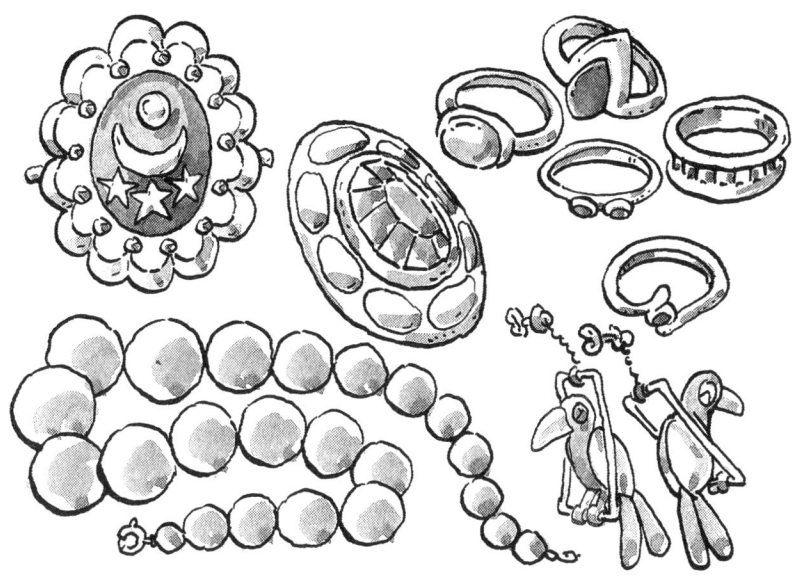

paar Klunkerchen«, sagte sie. »Ich weiß gar nicht, weshalb ich meinen Schmuck überhaupt mitgenommen habe. Sonst schließe ich ihn immer in einem Banksafe ein, wenn ich verreise. Diesmal habe ich es irgendwie versäumt und da habe ich ihn halt mitgenommen. Na ja, er ist sowieso versichert.«

»Trotzdem«, wandte Frau Jepsen ein. »Sie sollten die Sachen nicht immer so offen herumliegen lassen. Es wäre nicht gerade eine gute Reklame für uns, wenn hier etwas wegkäme.«

Sie seufzte und fügte dann etwas zusammenhanglos hinzu: »Wenn wir wenigstens einen Hund hätten!«

»Peter kann ja seinen Hansi rauslassen«, schlug Anja grinsend vor.

»Untersteht euch!«, warnte Frau Jepsen. »Ihr wisst ja, was ihn dann erwartet.«

Ich nahm an, Hansi sei ein Vogel. Irgendein kreischender Wellensittich oder trällernder Kanari. Und wenn Peter den rausließ, erwartete ihn vermutlich die Katz. Katzen liefen hier nämlich jede Menge herum. Was aber so ein Piepmatz gegen Einbrecher ausrichten sollte, blieb wohl Anjas Geheimnis.

Erst nach einer Weile und nachdem schon längst von ganz anderen Dingen die Rede war, meldete Peter sich. Bisher hatte er seinen Mund nur aufgemacht, um ins Nutellabrot zu beißen. »Sie könnte den Schmuck in unser Geheimfach tun«, sagte er plötzlich.

Alle sahen ihn überrascht an.

»Ins Geheimfach?«, wiederholte Frau Lieberum. »Ihr habt ein Geheimfach?«

»Ach was«, wehrte Frau Jepsen ab. »Das ist doch nichts Richtiges. Bloß so ein zusätzliches Fach in unserem alten Schreibtisch.«

»Sie könnte es sich wenigstens mal anschauen«, beharrte Peter.

»Ja, wirklich, das könnte ich. Anschauen kostet schließlich nichts, oder?«, erwiderte Frau Lieberum freundlich und zwinkerte dabei ihrer Gastgeberin zu.

Frau Jepsen zuckte die Schultern.

So gingen alle nach dem Frühstück in Jepsens gute Stube. Dort stand neben dem Fernseher ein riesiger, schwarzer, blitzblank aufgeräumter Schreibtisch. Kein Blatt Papier lag darauf, kein Radiergummikrümel, nichts. Mein Vater wäre vor Neid erblasst. Sein Schreibtisch sah immer aus wie eine Sammelstelle für Altpapier. Peter öffnete die linke Seitentür. Er fummelte kurz im Innern herum, dann sprang unten im

Sockel eine Schublade heraus. Peter blickte so stolz in die Runde, als hätte er wer weiß was vollbracht.

»Nun sieh einer guck«, sagte Frau Lieberum anerkennend. »Darauf muss erst mal jemand kommen.«

Ich dachte, dass jeder Trottel innerhalb kürzester Zeit den Mechanismus herausfinden würde.

Frau Jepsen sagte etwas Ähnliches.

»Ja – aber gewusst, wo«, sagte Frau Lieberum und meine Mutter meinte, die Schublade sei gar nicht schlecht.

Also brachte Frau Lieberum mit viel Trara eine dicke Perlenkette, zwei Broschen, mehrere Ringe und ein Paar Ohrringe herbei und verstaute alles in Jepsens Geheimfach. Ich fragte mich allerdings, wie geheim es wirklich war. Immerhin hatten allein heute sieben Augenpaare hineingestarrt. Na, das war nicht mein Problem. Frau Jepsen machte kein allzu glückliches Gesicht. Es behagte ihr wohl nicht, dass nun *sie* für Frau Lieberums Schmuck verantwortlich sein sollte.

»Ist ja nur noch für zwei Nächte«, sagte Frau Lieberum und es klang beinah tröstend. »Dann sind Sie mich sowieso wieder los.«

Danach löste die Versammlung sich auf. Ich wusste nicht recht, was ich anfangen sollte, und blieb unschlüssig im Flur stehen. »Setzen Sie sich ein bisschen in den Garten«, hörte ich die Bäuerin zu meiner Mutter sagen. »Ich habe sehr schöne alte Rosensorten. Extra vor Jahren aus der Schweiz besorgt . . .«

Sommer in der Stadt ist super. Man kann Eis essen oder ins Kino gehen. Es gibt einen Ferienpass, Schwimmbäder, Straßenfeste, tausend Sachen eben. Und hier? Alte Rosen. Na toll.

Ich ging in den Hof. Dort saß Peter auf einem Stein und schaute zu, wie Erik den Vorderreifen eines Fahrrads aufpumpte. Anja hielt den Lenker. Ein zweites Fahrrad lehnte an der Hauswand.

Habe ich von *Fahrrädern* gesprochen? Das war

übertrieben. Es waren die hässlichsten, ver-
gammeltsten Schrotthaufen, die ich je in meinem Leben gesehen habe. Alle beide.

Erik hatte einen roten Kopf. Vom Pumpen oder
weil er sich schämte, dass er mit so einem Ding
durch die Gegend fahren sollte.

»Wo wollen die denn hin?«, fragte ich Peter.

»Zum Baggersee«, sagte er.

»Schwimmen? Das ist überhaupt die Idee«, freute ich mich. »Komm, wir fahren auch hin.«

Peter schüttelte den Kopf.

»Warum denn nicht? Kannst du etwa nicht schwimmen?«, fragte ich ungläubig.

»Er darf nicht«, antwortete an seiner Stelle Anja. »Wegen seiner empfindlichen Ohren.«

Peter nickte bekümmert.

Ich überlegte noch, ob ich dann eben ohne ihn mit Erik und Anja fahren sollte, da kam mein Bruder mir zuvor. »Pech, Feli«, sagte er. »Kein Rad mehr da.«

Klarer Fall – er wollte nicht, dass ich mitkam. Sonst hätte ich mich ja auf seinen Gepäckträger setzen können. Eriks Freundin machte das zu Hause auch immer so.

»Wieso Pech?«, gab ich zurück. »Ich würde es eher als Glück bezeichnen. Wer weiß, wie weit ihr mit den Rostlauben überhaupt kommt.«

Dann sah ich zu, wie Anja und Erik klappernd und scheppernd vom Hof fuhren.

»Habt ihr wirklich kein Rad mehr?«, fragte ich Peter.

»Nee«, sagte er kopfschüttelnd. »Ich hatte eins, ein ganz neues. Im Frühjahr hat es mir jemand geklaut. Mein Vater war stinksauer. Ich hätte besser darauf aufpassen sollen, hat er gemeint. Vorläufig ist kein neues Rad drin. Wir haben kein Geld, sagt mein Vater.«

Herr Jepsen schlief jetzt gerade. Ich solle um Himmels willen leise sein, hatte mich Frau Jep-

sen ermahnt. Als hätte ich vorgehabt krei-
schend um die Hausecken zu düsen!

»Willst du mal meinen Hansi sehen?«, fragte
Peter unvermittelt.

Also gut, dachte ich. Gucke ich mir halt den
dusseligen Vogel an. Etwas Besseres hatte ich
im Moment ja sowieso nicht vor. Ich erwartete,
dass Peter mich in sein Zimmer mitnehmen
würde. Stattdessen gingen wir hinter den Stall.
Peter zeigte auf ein mit Maschendraht einge-
zäuntes Stückchen Wiese und sagte: »Da ist er.«
Hansi war kein Vogel, sondern ein Rehbock.
Auf dem Kopf trug er ein eigenartiges Gewächs,
fast wie eine behaarte Astgabel, und das linke
Vorderbein war nur noch ein Stumpf. »Das Bein
hat mein Vater ihm abgemäht«, erklärte Peter.
»Beim Heumachen. Da war Hansi noch so
klein.« Peter zeigte Dackelgröße. »Ich habe ihn
mit der Flasche aufgezogen. Seitdem gehört er
mir.«

»Was hat er denn da – auf dem Kopf?«, fragte ich.

»Bast. Darunter ist das neue Gehörn. Eigentlich

müsste es schon längst blank gefegt sein, aber bei Hansi ist alles ein bisschen durcheinander. Ist er nicht schön?«

Ich nickte. Bis auf das fehlende Stück Bein und den Bast sah der Bock wirklich nicht übel aus. Er kam auf mich zugehumpelt und schnupperte an meinen Turnschuhen.

»Er mag dich«, stellte Peter anerkennend fest. »Wenn er einen nicht leiden kann, boxt er ihn in den Hintern. Das tut ganz schön weh.«

Da habe ich ja Glück, dass der Bock mich mag, dachte ich. Laut sagte ich: »Ich kann mir gar nicht vorstellen, dass er jemanden erwischt, mit seinem Humpelfuß.«

»Vertu dich nicht«, sagte Peter. »Er ist verdammt schnell und er kann unheimlich hoch springen.«

Wir schwiegen eine Weile.

»Was passiert ihm denn, wenn du ihn rauslässt?«, fragte ich schließlich.

Peters Gesicht verfinsterte sich. »Meine Mutter lässt ihn erschießen.«

»Bloß weil er ab und zu jemanden in den Hintern boxt?«, wunderte ich mich.

»Na ja, nicht nur deshalb«, gestand Peter. »Er hat auch schon . . .« Er stockte mitten im Satz. Ein paar Schritte von uns entfernt machte ein alter Mann sich an einer Pumpe zu schaffen. Er hielt den Kopf unter den Wasserstrahl und prustete wie ein Walross.

»Opa«, sagte Peter. »Er kühlt seinen Brummschädel.«

»Wieso?«, fragte ich verständnislos.

»Na ja«, erklärte Peter verlegen, »Opa trinkt eben ab und zu, verstehst du? Früher hat er das nie gemacht. Erst seitdem wir Land und Vieh verkauft haben. ›Nüchtern halte ich das nicht aus‹, sagt Opa immer.«

Peter machte ein unglückliches Gesicht.

»Du hast deinen Opa gern, ja?«, fragte ich.

Er nickte heftig.

Wir sahen Opa Jepsen zu, wie er abwechselnd pumpte und sich den Schädel kühlte. Jetzt richtete er sich auf. Er sah uns und rief: »Hallo!«

Dann verzog er das Gesicht. »Ich glaube, ich darf mich nicht so viel bewegen«, brummte er.

»Mann, Opa. Du wolltest heute noch Hansis Zaun höher machen«, sagte Peter.

»Morgen, Junge, morgen«, sagte der alte Mann und schlurfte in seinen Holzschuhen davon.

»Und wenn Hansi drüberspringt?« rief Peter ihm hinterher.

Der alte Mann winkte ab. Ich gab ihm innerlich Recht. Wie sollte der dreibeinige Bock über diesen Zaun springen? Der war mindestens anderthalb Meter hoch.

»Wenn er es aber doch tut?«, beharrte Peter.

Der alte Mann hob die Schultern und verschwand im Hausinnern.

Wir standen noch eine Ewigkeit herum und betrachteten den Bock. Keiner sagte ein Wort. Allmählich wurde es mir langweilig. »Vielleicht könnten wir beide ja den Zaun höher machen«, schlug ich vor, um überhaupt etwas zu sagen.

Peter guckte zweifelnd. »Kannst du das denn?«

»Keine Ahnung«, sagte ich. »Ich hab's noch nie probiert.«

Peter überlegte. Schließlich meinte er, er wollte lieber doch seinen Opa an den Zaun lassen.

»Dann eben nicht«, sagte ich. Es war ja auch nur ein Versuch gewesen die Zeit totzuschlagen.

Danach wollte Peter wissen, was ich zu Hause alles trieb. Ich erzählte es ihm. Ganz ohne anzugeben, ehrlich.

»Und in den Ferien kommst du ausgerechnet hierher?«, wunderte Peter sich. »Du musst dich hier ja zu Tode langweilen.«

Ich widersprach zwar, aber er hatte eindeutig Recht.

Wieder entstand eine längere Pause.

»Also, bevor irgendeiner meinen Hansi umbringt, passiert etwas«, sagte Peter plötzlich.

»Toll«, sagte ich. »Ich finde es immer toll, wenn was passiert.« Es war lustig gemeint, aber Peter konnte nicht darüber lachen.

»Hansi ist mein bester Freund, weißt du«, erklärte er ernst.

Auch das noch! dachte ich. Na schön, ich mochte meine Geckos auch. Aber nie im Leben wäre es mir eingefallen, sie als meine besten Freunde zu bezeichnen.

»Hast du denn sonst niemanden?«, fragte ich.

Kopfschütteln.

»Auch keine Freundin?«

Erröten und erneutes Kopfschütteln.

»Aber du«, sagte er, ohne mich dabei anzusehen. »Du hast bestimmt jede Menge Freunde, oder?«

»Wieso?«, fragte ich.

»Na ja – du bist so ... so ...« Er schwieg verlegen. Irgendwie tat er mir Leid: nicht schwimmen dürfen, kein Fahrrad haben und als besten Freund einen dreibeinigen Rehbock, der den Leuten in den Hintern stößt – da hat man's nicht leicht.

»Ach«, sagte ich. »So toll sieht es bei mir auch nicht gerade aus.«

Das schien Peter zu freuen. Jedenfalls guckte er nicht mehr ganz so trübselig aus der Wäsche. »Vielleicht könnten wir . . . Ich meine . . . wenn du möchtest . . .« Er war feuerrot geworden.

»Klar«, sagte ich. »Wir sind Freunde.«

Und so spielte ich nachmittags mit Peter Karten. Erst nur mit ihm, dann machte auch mein Bruder mit. Ich wunderte mich darüber. Zu Hause spielte Erik nie »Hollywood« oder »Solar« mit mir. Es sei ihm zu blöd, behauptete er. Hier schien es das nicht zu sein.

»Gehst du heute nicht mehr schwimmen?«, fragte ich nebenbei.

Erik verzog das Gesicht und meinte: »Zu heiß.« Ich glaubte keine Sekunde, dass das wirklich der Grund war. Obwohl es wirklich knallheiß war. Alle hatten sich irgendwo in den Schatten geflüchtet, sogar Peters Rehbock.

Opa Jepsen tauchte einmal kurz auf. Er stapfte ein paar Schritte in den Garten, blinzelte zum Himmel und brummte: »Das gibt heute noch was!« Gleich darauf machte er kehrt und ging zurück ins Haus. Er stellte seine Holzschuhe ordentlich im Flur ab und wenig später hörten wir ihn wieder in seinem Zimmer schnarchen.

Auch nach dem Abendbrot blieb Erik im Haus und guckte mit mir oben in unserem Zimmer fern.

»Hast du dich mit Anja verkracht, oder was?«, fragte ich.

»Nö.«

»Aber?«

»Sie geht nachher in die Disko.«

Aha, das war's also. In die Disko durfte mein Bruder mit seinen fünfzehn Jahren noch nicht. Wahrscheinlich war er sauer auf Anja, weil sie ohne ihn hinging.

In diesem Moment erschien meine Mutter und zog den Stecker vom Fernseher heraus. »He, he«, fuhr Erik auf. »Was soll das denn?«

Statt einer Antwort deutete meine Mutter zum Fenster. Draußen war es stockfinster geworden, obwohl es noch keine acht war. Blitze zuckten und ganz entfernt grummelte es.

»Na und«, maulte Erik. »Den Stecker vom Kühlschrank oder vom Toaster ziehst du doch auch nicht raus, wenn's gewittert.«

»Trotzdem«, sagte meine Mutter, was so viel hieß wie »Ende der Diskussion«.

So, und damit wusste ich schon wieder nicht, was ich mit mir anfangen sollte. Zum Lesen hatte ich keine Lust, und Mensch-ärgere-dich-nicht mochte ich auch nicht spielen. Mist! Ich ging noch mal nach unten. Vielleicht lief ja bei Jepsens der Fernseher. Ich konnte mir nicht vorstellen, dass noch jemand bei Gewittern sich so anstellte wie meine Mutter. Aber in Jepsens guter Stube war niemand. Stumm und öd stand der Fernseher neben dem blitzblanken Schreibtisch.

Eine Sekunde juckte es mich in den Fingern herauszufinden, wie lange ich brauchte, um das Geheimfach zu öffnen. Doch dann dachte ich, dass ich ziemlich dumm dastehen würde, wenn mich jemand beim Herumspionieren sähe. Also ließ ich es – glücklicherweise. Denn sonst hätte ich womöglich etwas entdeckt, es Frau Jepsen erzählt und damit einen Dieb enttarnt, der gar keiner war. Vor allem aber hätte ich – weil ich es *zu früh* entdeckt hätte – jemandem sehr geschadet. Doch ich will den Ereignissen nicht vorgreifen.

Jedenfalls guckte ich nicht in das Geheimfach, sondern schloss die Zimmertür wieder von außen. In der Küche hörte ich Frau Jepsen hantieren. Bei Opa Jepsen war alles still. Vielleicht schlief der alte Mann noch. Oder er war ausgegangen, in irgendeine Kneipe . . .

Ich trödelte ein bisschen herum, aber mein neuer Freund Peter ließ sich nicht blicken. Was sollte ich also machen? Ich ging gegen zehn Uhr zu Bett. Das Gewitter hatte es sich anscheinend anders überlegt und war sang- und klanglos abgezogen. Dafür regnete es. Kühle Luft strömte durch das geöffnete Fenster. Endlich! Vom Rauschen des Regens eingelullt, fielen mir die Augen zu.

Irgendein Geräusch ließ mich hochfahren. Ich lauschte. Alles war wieder still. Weil ich unter meiner dünnen Zudecke fror, stand ich auf, um das Fenster zu schließen. Dabei warf ich schlaftrunken einen Blick hinaus. Draußen dämmerte es. Die ersten Vögel sangen. Der Regen hatte aufgehört, aber überall auf den Wegen standen Pfützen.

Ich stutzte. Von hier oben waren zwar nicht alle Einzelheiten zu unterscheiden, dennoch erkannte ich, dass der Garten ziemlich mitgenommen aussah. Hatte es etwa doch noch ein heftiges Gewitter gegeben und ich hatte nichts mitgekriegt? Vor allem die Rosen, die entlang der Terrasse wuchsen, schienen gelitten zu haben. Und dann entdeckte ich auch noch eine Menge dunkler Flecken im Erdreich. Moment mal – die sahen ja aus wie Fußabdrücke. Und was glitzerte da zwischen den Büschen? Lagen dort Glasscherben? War bei Jepsens etwa eingebrochen worden?

Schlagartig war ich hellwach. Ich beugte mich aus dem Fenster, schaute angestrengt ... Eine halbe Fußballmannschaft musste im Garten gewesen sein. Und sie hatte sich überhaupt nicht bemüht ihre Spuren zu verwischen. Seltsam.

Ich bin zwar neugierig, aber leichtsinnig bin ich nicht. Trotzdem verspürte ich nicht die geringste Angst, als ich jetzt beschloss mutterseelenallein hinunterzugehen. Irgendwie glaubte ich nicht an Einbrecher. Erst als ich die Terrassentür sperrangelweit offen und mit zertrümmerter Scheibe vorfand, fuhr mir der Schreck in die Glieder.

Einen Augenblick stand ich wie gelähmt. Nur mein Gehirn arbeitete fieberhaft. Vom Aufwachen bis jetzt waren höchstens zehn oder fünfzehn Minuten vergangen. Hatten die Diebe inzwischen Beute gemacht und waren damit verduftet – oder trieben sie sich womöglich noch im Haus herum?

Ich lauschte atemlos. Totenstille. Auch in Opa Jepsens Zimmer. Wieso war der alte Mann nicht wach geworden, als es geklirrt hatte? Mich hatte das Geräusch im ersten Stock geweckt, aber Opa Jepsen schlief tief und fest.

Obwohl sein Zimmer doch unmittelbar an die Terrasse grenzte. Wie war das möglich?

Also gut. Die Einbrecher waren unbemerkt ins Haus gelangt. Und weiter? Was hatten sie dann gemacht? Was hatten sie wo gesucht? Ich guckte mir die Augen aus nach irgendwelchen Spuren, konnte aber nicht den geringsten Hinweis entdecken. Merkwürdig. Draußen wimmelte es geradezu von Spuren und hier absolut nichts. Nur Opa Jepsens Holzschuhe standen an ihrem Platz im Flur. Sauber und patschnass. Als wären sie gerade erst unter der Pumpe gewaschen worden.

Das alles schoss mir durch den Kopf, während ich mit vorgestrecktem Kopf lauschte. Im Haus blieb es friedlich und mein Herz begann wieder eine langsamere Gangart einzuschlagen. Offenbar waren die Einbrecher über alle Berge, mit oder ohne Beute.

Ich schaute noch einmal in den Garten. Es war ja wirklich eine Gemeinheit, wie die Kerle da gehaust hatten. Wahrscheinlich hatten sie nichts Lohnendes erbeutet, da hatten sie ihre Wut an den armen Rosen ausgelassen. Frau Jepsen würde schön traurig und wütend sein. Das ganze Beet war platt getrampelt. Die Einbrecher mussten große Füße haben, die reinsten Quadratlatschen. Das heißt – nicht alle. Mittlerweile war es draußen hell geworden, und als ich schärfer hinblickte, entdeckte ich auch noch einen zierlichen Abdruck, der ganz und gar nicht hierher gehörte.

Nachdenklich wandte ich mich wieder ins Haus.

Wenn es bei Jepsens etwas zu holen gab, dann war es Frau Lieberums Schmuck. Das hatte Frau Jepsen selbst gesagt. Hatten die Einbrecher den Schmuck gefunden oder nicht? Ich beschloss nachzusehen.

Die Tür zur guten Stube war nur angelehnt. Ich stieß sie sachte auf. Um ein Haar hätte ich vor Überraschung aufgeschrien: der Schreibtisch! So ein Chaos! Überall lagen Papiere verstreut, die Türen standen offen, alle Schubladen waren herausgezogen. Alle – bis auf das Geheimfach! Hatten die Diebe es nicht entdeckt? Oder hatten sie es leergeräumt und anschließend wieder zugedrückt? Ich fand alles höchst sonderbar. Vielleicht lag es daran, dass es für mein Empfinden irgendwie unecht aussah. Unecht . . . übertrieben . . . Ich weiß nicht, wie ich es beschreiben soll. Es schien, als hätte man nicht gezielt gesucht, sondern nur wahllos die Schubladeninhalte verstreut.

Ich gab mir einen Ruck und trat an den Schreibtisch. Ich bückte mich und fummelte innendrin herum, wie Peter es gemacht hatte. Ich suchte die Wände ab, die Schubladenböden, die Halterungen. Nichts. Kein Druckknopf, kein Scharnier. Ich tastete mit fliegenden Fingern Millimeter für Millimeter ab. Mir brach schon der Schweiß aus. Fast hätte ich aufgegeben, da stieß ich zufällig gegen eine Leiste und schwupp! sprang die Schublade im Sockel heraus. Auf den ersten Blick sah ich: Die Schachtel, in der Frau Lieberums Ohrringe gelegen hatten, war leer! Noch gestern hatte Frau Lieberum sich die Dinger an die Ohren gehalten und gesagt: »Sind die nicht hübsch hässlich? Damit sehe ich aus wie 'ne Urwaldprinzessin, oder? Hat mir meine Tante vererbt. Teuer und geschmacklos.«

Die Ohrringe hatten die Gestalt bunter Papageien und ich hatte sie tatsächlich scheußlich gefunden. Aber Anja hatte gemeint: »Also, ich finde sie gut. Damit fällt man wenigstens auf.« Worauf ihre Mutter geknurrt hatte: »Na, du hast es wohl nötig, was?«

So, und nun waren die Papageien ausgeflogen. Da konnte ich gucken, so viel ich wollte, sie waren weg und blieben weg. Bloß – warum war der andere Schmuck noch da? Kette, Broschen, Ringe lagen in der Schatulle. Nur das Kästchen mit den Ohrringen war leer.

Der Fall wurde immer rätselhafter. Weshalb hatten die Diebe ausgerechnet die Papageien geklaut? Und weshalb hatten sie das Geheimfach wieder geschlossen, den Schreibtisch aber in einem wüsten Durcheinander zurückgelassen? Was bedeutete der kleine Fußabdruck zwischen den Rosen und weshalb waren Opa Jepsens Holzschuhe so nass? Das passte alles nicht zueinander, das stimmte vorne und hinten nicht.

Während ich vor dem Schreibtisch hockte und grübelte, hielt draußen ein Auto. Ich hörte unterdrücktes Gekicher und erkannte Anjas Stimme. Die kommt ja ganz schön spät von ihrer Disko nach Hause; oder früh, wie man's nimmt, dachte ich. Und dann hatte ich plötzlich einen Geistesblitz. Genau so musste es gewesen sein!

Ich nahm rasch die Schmuckschatulle aus dem Geheimfach, schloss die Schublade wieder und rannte in den Garten. Direkt neben der Hauswand wucherten Brennesseln. Dorthinein warf ich die Schatulle. Wenn ich mir alles richtig zusammengereimt hatte, musste ich mich jetzt beeilen, um die gröbsten Fehler zu beseitigen. Und wirklich: Ich schaffte es gerade noch zu-

rück in den Flur, da kam Anja mir auch schon entgegen.

»Was machst du denn hier, um diese Zeit?«, fragte sie entgeistert.

Dasselbe hätte ich sie zwar auch fragen können. Aber erstens war das hier Anjas Zuhause und nicht meines und zweitens hatte ich sowieso keine Gelegenheit dazu. Wie ein Unwetter brach nämlich Frau Jepsen über ihre Tochter herein, im Nachthemd und mit hochrotem Kopf. »Wo kommst du jetzt her?«, rief sie. »Um diese Zeit! Dass du dich gar nicht schämst!« Nun erst entdeckte Frau Jepsen mich und verstummte. »Was —«, fing sie an, aber ich zeigte nur zur Terrassentür.

»Einbrecher«, erklärte ich. »Ich habe vorhin etwas klirren hören. Da war es noch ziemlich dunkel.«

»Einbrecher?«, wiederholten Anja und Frau Jepsen wie aus einem Mund. Nach einer Schrecksekunde stürzten beide zur Terrassentür.

»Oh Gott«, murmelte Anja.

Frau Jepsen stand erst, als hätte sie der Blitz getroffen. Dann begann sie zu jammern: »Meine Rosen! Meine schönen Rosen! Nun seht euch das an. Warum haben die Schufte meine Rosen so zugerichtet!«

»Ich vermute, sie haben etwas gesucht«, sagte ich. »Vielleicht hatten sie im Dunkeln beim Weglaufen einen Teil der Beute verloren.«

Es war mir ziemlich egal, ob Frau Jepsen mir glaubte oder nicht. Wenn erst der Schmuck wieder da war, würde sie bestimmt nicht nach der Polizei rufen, schon um Aufsehen zu vermeiden. Und was Anja anging, so sollte sie sehen, wie sie die Angelegenheit hinkriegte. Ich musste schleunigst mit jemandem reden . . .

Anja und ihre Mutter gingen hinaus, um den Schaden aus der Nähe zu betrachten. Ich nutzte die Gelegenheit und klopfte leise an eine Tür. Keine Antwort. Da drückte ich einfach die Klinke herunter, öffnete und trat ein.

»Fehler?«, wiederholte Peter verständnislos, während er in seine Jeans stieg.

»Mann, Peter«, sagte ich. »Die Glasscherben! Das merkt doch ein Blinder, dass die Scheibe von innen herausgeschlagen wurde. Sonst hätten die Scherben nicht zwischen den Rosen gelegen. Ich habe so viele wie möglich aufgesammelt und auf die Veranda geworfen. Außerdem habe ich ein bisschen Schmutz hereingetrampelt. Oder hast du schon einmal gehört, dass ein Einbrecher seine Schuhe wäscht, um ja keinen Dreck ins Haus zu tragen?«

Peter biss sich auf die Lippen.

»Sag mal – bist *du* auf die Idee gekommen den Garten zu verwüsten und einen Einbruch vorzutäuschen, damit deinem Hansi nichts passiert?«

»Opa«, murmelte Peter. »Er meinte, die Rosen würden wieder nachwachsen. Aber wenn meine Mutter den armen Hansi . . .« Peter schluckte. »Außerdem hat Opa fest versprochen, dass er heute den Zaun höher macht.«

»Na«, sagte ich. »Damit wäre das Problem dann ja gelöst, oder?«

»Und du . . . du wirst uns nicht verraten?« Peter wagte nicht mich anzugucken.

»Glaubst du etwa, dass ich mir dann die Mühe gemacht hätte die Scherben aufzulesen und so weiter?«

Peter zuckte die Schultern.

»Also weißt du!«, sagte ich empört. »Ich dachte, wir sind Freunde.« Da nickte Peter und lächelte.

Peter schlief tief und fest. Zu tief und zu fest, wie ich fand. Ich rüttelte ihn. Nun tat er, als erwachte er. Er war ein miserabler Schauspieler. In meiner Theatergruppe hätte er nicht einmal eine klitzekleine Nebenrolle gekriegt.

»Wo ist dein Hansi?«, fragte ich.

»Hä?«

»Ach komm, Peter, lass das, ja? Der Rehbock ist heute Nacht aus seinem Gehege abgehauen und hat sich über die Rosen hergemacht. Das weißt du doch genau.«

Peter riss die Augen auf. »Woher . . . Wie . . .?«, stotterte er.

»Ich habe seine Spur gesehen.«

»Mist!«, fluchte Peter leise. »Ich habe also doch nicht alle Abdrücke beseitigt.«

»Kein Wunder«, sagte ich. »Es war ja noch dunkel. Wo ist der Bock denn jetzt?«

»Eingesperrt. Im Stall.«

»Na, wenigstens etwas«, sagte ich. »Und du solltest schleunigst raus aus dem Bett und nach Frau Lieberums Schmuck suchen.«

»Nach – dem Schmuck?« Diesmal war sein Staunen echt. »Ich habe den Schmuck nicht angerührt.«

»Aber ich. Ich habe die Schatulle in die Brennesseln geworfen. Sieh zu, dass du sie findest. Die Ohrringe kannst du dir von Anja geben lassen. Sie hat sie sich für die Disko ausgeliehen. Aber das muss deine Mutter ja nicht unbedingt erfahren, denke ich.«

Peter kriegte den Mund nicht mehr zu.

»Außerdem habe ich versucht die gröbsten Fehler zu beseitigen.«

Lösung zu
»Die verräterische Spur«

Hals- und Beinbruch!

Da hatten wir nun geprobt und geprobt und dann wurde Britta krank. Mumps oder Masern oder was weiß ich. Jedenfalls nichts, was man mit Zähne-Zusammenbeißen einfach überspielt.

Kann sich einer vorstellen, was das heißt? Drei Tage vor der Aufführung wird die Hauptperson krank! Dabei waren wir für den Theaterwettbewerb in Lüneburg ausgewählt worden. Unsere Gruppe, als einzige von zwölf. Mann, waren wir stolz gewesen! Am Sonntag sollte die Endausscheidung stattfinden. Und jetzt das!

Wir saßen, als hätte man uns eins mit der Nudelrolle auf den Kopf gedonnert. Mit einer echten, nicht mit der aus Pappe vom Theater.

»Tja«, sagte unsere Leiterin, Frau Kolbe.

»Schicksalsschläge. Da kann man nichts machen.«

Frau Kolbe musste heute nämlich auch noch zu einer Beerdigung. »Rund fünfhundert Kilometer Autobahn«, hatte sie geseufzt. »Kinder, hab ich eine Lust!« Kann man sich ja vorstellen. Wer fährt schon gern zu Beerdigungen, und dann auch noch so weit.

»Ich will mich nicht davor drücken«, hatte Frau Kolbe gesagt. »Deshalb können wir auch nicht mehr anfangen, mit einer anderen Besetzung zu proben. Abgesehen davon wäre die Zeit wohl ohnehin etwas zu knapp.«

So. Da saßen wir also und machten lange Gesichter. Aus mit Lüneburg. Gegen Kinderkrankheiten und Beerdigungen kamen wir nicht an. Und trotzdem: Es war irgendwie ungerecht. Ich konnte und wollte mich nicht so einfach damit abfinden. Den anderen ging es garantiert ebenso, aber ich war mal wieder diejenige, die es aussprach.

»Was willst du denn jetzt noch machen, Felicitas?« Frau Kolbe schaute mich düster durch ihre Brille an. »Heute ist doch schon Donnerstag.«

Das wusste ich auch.

»Es müsste eben jemand Brittas Rolle übernehmen«, kam Nele mir zu Hilfe.

»Und wer?«, wollte Frau Kolbe wissen.

»Miriam. Miriam Schröder«, schlug prompt Sabrina vor.

Hätte mich auch gewundert, wenn der mal jemand anders eingefallen wäre. Und wenn wir einen Gestiefelten Kater oder einen Vampir gesucht hätten, Sabrina hätte »Miriam, Miriam Schröder« gesagt. Zugegeben – Miriam sah gut aus. Sogar besser als Britta. Leider war Miriam aber auch unzuverlässiger und – wie ich fand – dümmer als Britta.

Miriam lächelte geschmeichelt. Ich denke, sie war drauf und dran zu sagen: »Also gut, dann mache ich es eben«, da kam Leif ihr zuvor. »Bloß nicht«, wehrte er ab. »Sie rafft das doch nie bis Sonntag.« Leif ist immer sehr direkt. Ich hätte ihn umarmen können.

Miriam funkelte ihn wütend an.

»Idiot!«, zischte Sabrina.

Die anderen guckten verlegen und Frau Kolbe machte ein Gesicht, als wäre sie schon auf der Beerdigung.

Eine Zeit lang herrschte betretenes Schweigen.

»Tja«, sagte Frau Kolbe endlich. »Der Text ist wirklich das Problem. Ihr wisst ja, wie lang er ist.«

Und ob wir das wussten! Schließlich hatten wir

ihn gemeinsam erarbeitet. *Die Fernsehprinzessin* hieß das Stück. Darin ging es um eine Prinzessin, die nur noch in einer Fernsehwelt lebt. Die über dem Fernsehen alles andere vergisst: Essen, Trinken, ja sogar Schlafen. Zum Schluss ist die Prinzessin dann bleich und abgemagert und . . . Aber das ist hier ziemlich unwichtig.

»Also«, meinte jetzt plötzlich Nele. »Für mich wäre der Text kein Problem.«

Wie auf Kommando starrten alle Nele an. Ungläubig, als hätten sie sich verhört.

Ich bin eigentlich niemand, der sich über andere lustig macht. Aber ich dachte, es sollte ein Witz sein, und prustete los. Die anderen fielen in mein Gelächter ein und am lautesten lachte Nele selbst. Nele als Prinzessin! Nele war mit Abstand die längste von uns allen. Fast einen Kopf größer als unser größter Junge. Und wenn eine von uns *nicht* bleich und abgemagert wirkte, dann war das weiß Gott Nele.

»Stellt sie euch mal in Brittas Kostüm vor!«, rief Miriam.

Brittas langes, besticktes Seidenkleid würde an Nele vermutlich wie ein Ballettröckchen aussehen. Bei der Vorstellung musste ich noch mehr lachen. Gleichzeitig schämte ich mich ein bisschen. Schließlich konnte Nele nichts für ihr Aussehen. Außerdem hatte ich inzwischen das Gefühl, als wurmte unser Gelächter sie innerlich doch. Und abgesehen davon stimmte es sogar: Nele hatte nie Probleme mit dem Text gehabt. Sie konnte fast sämtliche Rollen auswendig. Ihr Gedächtnis war einfach irre. Ja, sie hätte Brittas Text bestimmt mühelos sprechen können, da war ich ganz sicher. Ebenso sicher war ich, dass Nele auch gern einmal eine richtige Hauptrolle gespielt hätte und nicht immer nur irgendwelche dusseligen Riesen, sprechenden Bäume, starken Diener oder so. Aber Nele als Prinzessin – das ging wirklich nicht.

Allmählich ebbte das Gelächter ab.

»Wie wär's denn mit dir, Feli?«, fragte plötzlich Leif. Ich dachte, mich trifft der Schlag.

»Du spinnst wohl«, sagte ich und merkte, wie

mir das Blut ins Gesicht schoss. Mir wurde richtig heiß vor Verlegenheit.

»Wieso?«, fragte Anna. »Du bringst das doch glatt, Feli.«

»Ja, wirklich«, stimmte jemand zu und zwei oder drei andere nickten ebenfalls. Frau Kolbe wiegte zwar den Kopf hin und her, guckte aber nicht mehr ganz so düster wie bei den übrigen Vorschlägen. »Wenn Feli es sich zutraut«, meinte sie.

»Na klar traut sie es sich zu«, behauptete Leif.

»Und was wird aus meiner bisherigen Rolle?« fragte ich.

»Ach, die kann Jacob übernehmen. Er hat ja sowieso kaum was zu tun«, stellte Leif fest.

»Das ist doch nicht dein Ernst!«, rief Jacob empört. Von ihm hatte ich nichts anderes erwartet. Er würde bestimmt dankbar sein, wenn die Aufführung platzte. Er machte bei uns nur unter Zwang mit, wie er mir einmal erzählt hatte. »Kein Theater – kein Judo«, hatte seine Mutter gesagt. Die war irgendetwas Höheres an der

Städtischen Oper, Direktorin, Regisseurin oder so. Und weil Jacob begeisterter Judokämpfer war, hatten wir ihn eben auf dem Hals.

»Ach komm, Jacob«, sagte Leif. »Du und Feli, ihr schafft das schon. Da sind wir ganz sicher.«

Die anderen applaudierten. Miriam und Sabrina nicht gerade überschwänglich und Nele gar nicht, wie ich aus den Augenwinkeln beobachtete, aber das waren ja nur drei. Drei von elf, mich eingerechnet.

»Schön«, nickte Frau Kolbe. »Meinetwegen probiert es. Ich bin Samstagabend wieder zurück. Ruf mich an, Felicitas, und sag mir, was aus der Sache geworden ist. Und wenn ihr meint, wir sollten lieber die Finger davon lassen, dann fahren wir am Sonntag eben nicht. Bevor wir uns in Lüneburg blamieren ... Nun also – Hals- und Beinbruch!«

So sagt man beim Theater, wenn man jemandem Glück wünscht, und das konnten wir wirklich brauchen.

Zunächst aber sah es für uns gar nicht nach

Glück aus. Im Gegenteil: Es schien sich alles gegen uns verschworen zu haben.

Es fing schon an, als Frau Kolbe ihren alten VW-Bus vom Parkplatz zurücksetzte. Ich war mit ein paar anderen nach draußen gegangen und vor unseren Augen fuhr Frau Kolbe die Katze an. Ich schrie noch: »Halt! Halt!« Da war es schon passiert. Frau Kolbe hatte es nicht einmal gemerkt. Sie lächelte uns im Rückspiegel zu und brauste vom Hof.

Auf dem regennassen Pflaster lag die Katze und miaute kläglich.

»Oh mein Gott!«, murmelte Lenelotte. »Ich glaube, es hat sie irgendwo am Hinterteil erwischt. An der Hüfte oder an den Hinterbeinen. Sie kann nicht aufstehen.«

Wir standen im Halbkreis und starrten ratlos auf die Katze. Sie war grau getigert und rappeldürr.

»Wir müssen sie zum Tierarzt bringen«, sagte ich schließlich.

»Wieso wir?«, fragte Lenelotte. »Ist das etwa unsere Katze?«

»Das nicht«, erwiderte ich. »Aber meinst du, dass sich sonstwer um sie kümmert?«

»Und – hast du Geld?«, fragte Lenelotte weiter. »Oder glaubst du, der Tierarzt behandelt sie umsonst?«

Das glaubte ich nicht.

»Na siehst du«, sagte Lenelotte und wir standen und standen.

»He! Was ist los? Weshalb guckt ihr alle so

sauer?«, rief in diesem Augenblick Jacob von der Tür her.

Er brachte mich auf eine Idee. »Hör mal, Jacob«, sagte ich. »Du bist doch mit dem Fahrrad hier. Könntest du nicht die Katze —«

»Katze? Wie – wo – Katze?« Jacob reckte den Hals. »Verschont mich! Ich bin hochgradig allergisch gegen Katzen. Ich kriege schon Asthma, wenn ich bloß in ihre Nähe komme.«

Ich versuchte ihn zu überreden, aber er weigerte sich entschieden.

Ich wusste zwar, dass Jacob unter Heuschnupfen litt. Wenn wir anderen uns im Sommer über schönes Wetter freuten, jammerte Jacob. Sein Gesicht quoll dann regelrecht zu, er konnte kaum noch aus den Augen gucken. Für ihn waren Regentage wie der heutige eine Wohltat, wie er behauptete. Dass er auch noch gegen anderes als gegen Pollen allergisch war, hatte ich nicht gewusst.

»Okay«, sagte ich. »Leihst du mir dein Rad?«
Er zögerte.

»Mann, Jacob, ich passe schon auf dein gutes Stück auf«, versicherte ich.

»Na ja«, meinte er. »Eigentlich müsste ich . . .«

»Eigentlich müsstest du mit uns proben«, fiel Leif ihm ins Wort. »Oder hast du das vergessen?«

»Ihr habt es also ernsthaft vor?«, fragte Jacob ungläubig. »Du meinst wirklich, dass du die Rolle in drei Tagen schaffst, Feli?«

»Ich denke schon«, sagte ich. »Kriege ich nun dein Rad oder nicht?«

»Meinetwegen«, brummte Jacob. »Ich bin in einer halben Stunde wieder hier.« Er schlug einen Bogen um unsere kleine Gruppe, als hätten wir eine ansteckende Krankheit, und verschwand.

»Hoffentlich lässt er uns nicht hängen«, seufzte Leif. Ich dachte dasselbe, während ich vorsichtig die Katze in meinen Korb bugsierte. Sie schrie, biss und kratzte. Sie hatte Schmerzen und ich tat ihr zusätzlich weh. Woher sollte sie wissen, dass ich ihr helfen wollte?

Endlich war es geschafft. Die Katze lag im Korb und meine Arme und Handgelenke waren mit blutigen Striemen verziert. »Wartet auf mich!«, rief ich über die Schulter zurück und strampelte los.

Als ich dann aber vom Tierarzt zurückkam, waren nur noch Leif und Nele da. »Den anderen hat's zu lange gedauert«, sagte Leif. »Wir haben abgemacht, dass wir uns morgen um drei wieder hier treffen.«

»Wenn wir es mal bloß mit zwei Proben schaffen«, seufzte ich.

»Du meinst, wenn *du* es schaffst«, bemerkte Nele. »Wir können ja unseren Text.«

»Wie geht's der Katze?«, fragte Leif dazwischen.

»Der Tierarzt hat sie geröntgt«, erklärte ich. »Darum hat es auch ewig gedauert. Gebrochen ist zum Glück nichts, nur Quetschungen und Blutergüsse. Wenn sie aus der Narkose aufwacht, können wir sie wieder abholen.«

»Wir?«, fragte Leif. »Wen meinst du damit? Ich kann's ganz bestimmt nicht, ich habe keine Zeit.

Außerdem wüsste ich nicht, wo ich die Katze lassen soll.«

»Ich auch nicht«, sagte Nele. »Ich hätte furchtbar gern ein Tier, egal, was für eins. Aber meine Mutter erlaubt es nicht. Sie würde im Zickzack springen, wenn ich mit einer Katze aufkreuzte.«

»Oh toll«, ärgerte ich mich. »Demnach bleibt es wieder an mir hängen, ja? Meint ihr, ich habe jede Menge Zeit und meine Mutter wird Jubelschreie ausstoßen? Ich habe mich von der verdammten Katze kratzen und beißen lassen, bin mit ihr zum Tierarzt gefahren, habe ihm meine Adresse gegeben und gesagt, dass meine Eltern die Kosten übernehmen. Aber dass ich mich um alles und jedes kümmern muss, das sehe ich gar nicht ein.«

»Wer hat denn von dir verlangt, dass du hier die große Tierfreundin mimst?«, fragte Nele von oben herab.

In diesem Augenblick begriff ich, dass sie tatsächlich eingeschnappt war. Weil ich die Prinzessin spielen sollte und nicht sie. Oder weil ich vorhin so gelacht hatte.

»Vielleicht könnten wir die Katze ja vorerst hier unterbringen«, meinte jetzt Leif.

»Im Gruppenraum?«, fragte ich zweifelnd. »Da hätte sie doch keine fünf Minuten Ruhe.«

Nicht nur wir probten dort. Außer uns hatte Frau Kolbe noch mehrere andere Gruppen. Und die Musikschule unterrichtete in dem Raum Flöte und Klavier.

»Oder wie wär's mit der Requisitenkammer?«, schlug Leif vor. Da wurden unsere Kostüme, die von uns gemalten und gebastelten Kulissen und Figuren und lauter Krempel gelagert.

Ja, das war immerhin eine Möglichkeit. Für ein paar Tage ließ sich das machen. Vielleicht tat uns die Katze ja auch den Gefallen und erholte sich schleunigst, damit sie wieder ihrer Wege gehen konnte.

»Und wer kümmert sich solange um sie?«, wollte Nele wissen. »Von Luft und Liebe wird sie wohl nicht leben, oder?«

»Ach, ein bisschen Milch werde ich schon auftreiben, darauf kommt es dann auch nicht mehr an«, sagte ich.

Nele murmelte etwas wie »Für die Katze schon« oder »Sag das mal der Katze« oder so. Ich hörte nicht mehr zu. Im Moment beschäftigte mich etwas anderes.

»Wo kriege ich denn meinen neuen Text her?«, überlegte ich laut.

»Welchen Text?« fragte Leif begriffsstutzig. Dann schlug er sich vor die Stirn. »Ach ja, richtig. Du meinst den von Britta. Oh verdammt!«

Das konnte man wohl sagen. Jeder von uns hatte nur seine eigene Rolle ganz aufgeschrieben. Von den anderen hatte er bloß das Stichwort. Das sah dann so aus:

Prinzessin (Britta): ». . . tränen mir die Augen.«

Dienerin (Anna): »Aber Prinzessin! Dann solltest du nicht immer bis in die Puppen fernsehen, sondern lieber ab und zu das Fenster öffnen . . .«

Und so weiter. Den Text vor ». . . tränen mir die Augen« hatte nur Britta. Frau Kolbe hatte zwar gemeint, wir sollten uns alles aufschreiben, doch das war uns zu viel gewesen.

»Was soll ich mit den hunderttausend Seiten Britta-Text?«, hatte beispielsweise Jacob gefragt und gemeint, er komme wohl kaum als zweite Besetzung für die Prinzessin in Frage. Für ihn traf das zweifellos zu. Aber bei mir rächte es sich jetzt, dass ich so bequem gewesen war.

Klar, ich würde das eine oder andere auch so auf die Reihe kriegen. Schließlich war ich ja bei den Proben dabei gewesen. Aber es gab Szenen, in denen ich bisher keinen einzigen Auftritt gehabt hatte. Weshalb hätte ich mir da irgendetwas merken sollen?

»Weiß einer von euch, wo Britta wohnt?«, fragte ich.

Leif schüttelte den Kopf, Nele hob die Schultern.

»Wie heißt sie überhaupt mit Nachnamen?«

Dasselbe Ergebnis. Wir waren alle in verschiedenen Schulen und hatten außer in der Theatergruppe nichts miteinander zu tun.

»Oh Gott!«, stöhnte ich. »Irgendeiner muss doch ihre Adresse haben.«

»Klar«, nickte Leif. »Frau Kolbe.«

»Und die kommt erst am Samstag zurück«, sagte ich niedergeschlagen. »Ich brauche aber den Text! Ich brauche den verdammten beschissenen Text!«

Ich war nahe daran, zu heulen und mit den Füßen zu stampfen, so wie früher, wenn ich meinen Willen nicht kriegte. Dann riss ich mich zusammen, atmete tief durch und sagte: »Nele! Du musst mir helfen.«

»Ich?«

»Ja, du. Du hast doch so ein tolles Gedächtnis. Du kannst Brittas Rolle garantiert auswendig.«

»Irrtum«, erwiderte Nele und wich dabei meinem Blick aus. »Ausgerechnet die habe ich nicht im Kopf.«

»Aber Nele«, wandte ich ein. »Du hast vorhin

selbst gesagt, du hättest keine Probleme mit dem Text.«

»Ja, wenn ich ihn mir ein paarmal durchgelesen habe, dann kann ich ihn.«

»Vielleicht könnten wir ihn zusammen rasch neu verfassen?«

»Rasch! Na, du hast Vorstellungen. Weißt du, wie lange das dauert? Ich habe schließlich noch was anderes zu tun, als mich mit dem dämlichen Text abzugeben. Wir schreiben am Montag eine Arbeit, die ist mir hundertmal wichtiger. Also – wir sehen uns morgen um drei. Entweder kannst du bis dahin die Rolle oder wir müssen den Theaterwettbewerb eben abblasen, basta.«

Alte Giftnudel! dachte ich erbittert. Aber ich sagte nur: »Ja, darauf wird's wohl hinauslaufen.«

Nele grinste, sagte tschüs und zog ab.

»Weshalb tut sie so doof?«, wunderte Leif sich. »Ist sie im Ernst sauer, weil sie die Rolle nicht gekriegt hat?«

»Und wennschon«, sagte ich. »Lass uns lieber

überlegen, was wir machen können. Es muss eine Lösung geben!«

»Na ja«, seufzte Leif. »Du kannst es halt nicht erzwingen, Feli. Was nicht geht, geht nicht.«

Ich wollte ihm gerade erklären, was ich von derartigen Sprüchen halte, da kam Jacob herein. »Ich habe mich verspätet, tut mir leid«, sagte er, obwohl er keineswegs schuldbewusst aussah. »Ihr seid wohl schon mit dem Proben fertig, oder?«

»Wir mussten es auf morgen Nachmittag verschieben«, sagte Leif. »Aber ob überhaupt was daraus wird . . . Feli hat den Text nicht und keiner von uns kennt Brittas Adresse.«

»Pech«, sagte Jacob ungerührt und wollte sich gleich aus dem Staub machen. Im selben Augenblick fiel mir etwas ein.

»Warte mal, Jacob!«, rief ich. »Wo hast du die Zettel mit den Ideen zur Fernsehprinzessin gelassen?« Jeder von uns war für einen Teilbereich verantwortlich. Ich verwaltete beispielsweise die Gruppenkasse. Miriam Schröder kümmerte sich darum, dass die Kostüme rechtzeitig geflickt wurden oder in die Reinigung kamen. Und Jacob erledigte den Papierkram. Er heftete unsere Entwürfe für die neuen Stücke ab, sammelte Theaterplakate, Programme und so weiter. Dabei überanstrengte er sich gewiss nicht. Darum ärgerte es mich, dass er nun so tat, als wüsste er überhaupt nicht, wovon die Rede war. Das sagte ich ihm auch unverblümt.

»Reg dich ab«, erwiderte Jacob. »Das ganze Zeug liegt irgendwo in der Rumpelkammer. Falls Nele es nicht weggeworfen hat.«

Nele war fürs Saubermachen zuständig.

»Also, weißt du«, sagte Leif kopfschüttelnd.

Ich drückte Jacob den Fahrradschlüssel in die Hand und dachte mir mein Teil.

Leif half mir bei der Suche. Jacob machte keinerlei Anstalten dazu. Stattdessen rief er uns hinterher: »Ich weiß nicht – aber ich glaube, an eurer Stelle würde ich die Sache vergessen!«

»Wetten, dass nicht?«, gab ich zurück. Mittlerweile hatte ich eine Stinkwut. Auf Jacob, auf

Nele, auf mich, weil ich mich überhaupt auf das alles eingelassen hatte . . .

»Morgen um drei proben wir, verstanden?«, rief ich. Keine Antwort. Offenbar war Jacob schon wieder weg.

Leif und ich suchten und suchten. Wir sahen bald aus wie Schweine, verstaubt und verdreckt. Wir fanden alles Mögliche, die Zettel mit den Textentwürfen fanden wir nicht.

»Ob Frau Kolbe die Dinger mit nach Hause genommen hat?«, überlegte Leif.

Ich zuckte die Schultern. Mir fiel nichts mehr ein.

»Eins steht jedenfalls fest«, sagte Leif. »Weggeworfen hat Nele sie nicht. Zumindest nicht beim Saubermachen. Wie ich das sehe, ist hier noch nie sauber gemacht worden. Pass bloß auf, dass du nicht niest. Sonst finden wir vor lauter aufgewirbeltem Staub nicht mehr raus.«

Wir gingen zurück in den Gruppenraum. Dort steuerte Leif auf unseren großen Wandschrank zu. »Letzter Versuch. Wenn auch da nichts ist . . .« Leif kramte eine Weile herum. Dann stieß er plötzlich einen Jubelschrei aus. »Ich hab sie! Jede Menge Textzettel, in Aktendeckeln sortiert. Möchte wissen, wieso Jacob sich daran nicht erinnert hat.«

Und dann machten wir wieder lange Gesichter. Fast alle Theaterstücke der letzten Jahre waren vorhanden, ausgerechnet die Fernsehprinzessin fehlte! Zufall? Ich glaubte nicht daran.

»So ein Mist!«, schimpfte Leif. »Das sieht ja aus, als hätte jemand sich den Ordner unter den Nagel gerissen.«

Ich nickte betreten.

»Jemand, der nicht will, dass du spielst«, fuhr Leif fort. »Jemand, der dafür sogar bereit ist den ganzen Wettbewerb sausen zu lassen. Vielleicht Nele?«

Was sollte ich dazu sagen? Selbstverständlich hatte auch ich sofort an Nele gedacht.

»Und jetzt?«, sagte Leif ratlos.

»Jetzt gehen wir nach Hause.«

»Du gibst also auf?«

»Ich denke ja gar nicht daran! Jetzt erst recht nicht!«, erwiderte ich heftig.

Leif lachte. »Typisch Feli. Jede andere hätte den Kram längst hingeschmissen, aber du nicht. Das finde ich wirklich toll an dir.«

»Ich auch«, witzelte ich, obwohl mir eigentlich gar nicht danach zumute war.

Zu Hause giftete ich zuerst alle an. Dann kriegte ich beinah einen Heulkrampf und zum Schluss erzählte ich alles haarklein.

»Ich an deiner Stelle würde denen was husten«, sagte meine Mutter. »In drei Tagen eine Rolle lernen, für die andere ein halbes Jahr Zeit hatten – nein.«

»Das ist nicht das Problem«, meinte mein Vater. »Schaffen würde Feechen das glatt.«

»Aber?«

»Woher den Text nehmen und nicht stehlen.«

»Also«, sagte mein Bruder, »ich denke, die Frage ist die: Will Feechen nun diese bescheuerte Prinzessin spielen oder nicht?«

»Und ob ich es will!«

»Okay. Dann schreiben wir dir eben einen neuen Text.«

»Einfach so?«, fragte ich entgeistert.

»Einfach so«, bekräftigte mein Bruder. »Du weißt doch, worum es geht, nicht? Und die Stichworte für die anderen kennst du auch ungefähr. Wir brauchen sie nur noch an den passenden Stellen einzusetzen – finito.«

Um es kurz zu machen: Ganz so leicht, wie mein Bruder es sich vorgestellt hatte, ging die Schreiberei nicht vonstatten. Zwischendurch rief dann auch noch der Tierarzt an. Mein Vater fuhr mich hin. Zum Glück war die Katze noch ziemlich benommen von der Narkose, sonst hätte ich sie bestimmt nicht transportieren können, ohne neue Bisse und Kratzer abzubekommen. Meinem Vater erzählte ich, es sei unsere Theaterkatze.

»So sieht sie auch aus«, spottete mein Vater. »Wie ein Opfer der Schauspielkunst.« Womit er gar nicht so Unrecht hatte, wenn man bedenkt, dass sie von Frau Kolbe angefahren worden war.

Ich glaube, ich hätte die Katze sogar mit nach Hause nehmen dürfen, wenn ich gewollt hätte. Ich wollte es nicht. Vielleicht, weil sie mich nicht besonders zu mögen schien. Oder weil ich dachte, sie sollte besser nicht so weit weg von ihrer vertrauten Umgebung. Oder weil ich meine Mutter nicht verärgern wollte oder was weiß ich.

Jedenfalls setzte ich die Katze wie geplant in unserer Requisitenkammer ab. Ich legte sie auf ein paar alte Lappen. Dort blieb sie liegen, noch immer leicht benebelt, und starrte mich verdrossen aus gelben Augen an. Erst als ich fast wieder zu Hause war, fiel mir ein, dass ich ihr weder etwas zu fressen noch etwas für ihre Geschäfte hingestellt hatte.

Bis morgen musste sie eben so durchhalten. Ich hatte im Moment andere Sorgen. Wie ich meinen Text getippt kriegte, beispielsweise. Eriks Sauklaue konnte kein Mensch lesen. Ob ich meinen Freund Philipp bitten sollte mir das Zeug mit seinem Computer zu schreiben?

Kurz nach acht Uhr abends klingelte ich bei Philipp.

»Klar mache ich das«, sagte er. »Bis wann brauchst du es denn?«

»Bis vorgestern«, sagte ich. »Wir spielen schon am Sonntag.«

»Wie, nun doch?«, wunderte Philipp sich. »Ich dachte, Lüneburg fällt aus, weil Britta krank ist. Das hat Jacob mir jedenfalls am Dienstag beim Judotraining erzählt.«

»Da hat er es schon gewusst?«, fragte ich. »Wir anderen haben es erst heute von Frau Kolbe erfahren.«

»Was macht Jacob denn, wenn ihr doch nach Lüneburg fahrt?«, überlegte Philipp. »Am Sonntag finden nämlich die Judowettkämpfe statt und er will dabei den grünen oder schwarzen Gürtel gewinnen, ich kenne mich damit nicht so aus.«

Bei Philipp war es umgekehrt wie bei Jacob: Philipp machte sich nichts aus Sport. Aber sein Vater hatte gemeint, Philipp müsste sich sportlich betätigen. Als Ausgleich für seine Stubenhockerei. Da hatte er sich dann für Judo entschieden. »Dabei braucht man nicht so viel zu laufen«, hatte er mir augenzwinkernd erklärt.

»Wie Jacob sein Gürtelproblem löst, ist mir schnurzpiepegal«, sagte ich. »Mich interessiert im Moment bloß mein Text.«

»Okay, okay, ich fange ja schon an«, erwiderte Philipp. »Gib mir das Gekritzel mal her. Mann, das kann ja kein Aas entziffern!«

»Genau deshalb bin ich ja zu dir gekommen«, sagte ich.

Als ich am nächsten Tag zu unserem Gruppentreff ging, goss es wie aus Kübeln. Hoffentlich ist das kein schlechtes Vorzeichen, dachte ich. Mittlerweile war mir doch ein bisschen flau im Magen. Ich konnte meinen Text zwar einigermaßen – aber was würden die anderen dazu sagen? Immerhin hatte er sich ziemlich verändert. Schlechter war er gewiss nicht geworden, wie ich fand, aber das war natürlich Ansichtssache.

Ich hätte mir meine Zweifel sparen können: kein Mensch interessierte sich für meinen neuen Text.

»Hast du die verrückte Katze in die Kammer gesperrt?«, fiel Miriam sofort über mich her.

»Was dagegen?«, fragte ich zurück.

»Und ob! So eine Scheißidee!«, schnaubte Miriam.

»Ja, wirklich«, pflichtete Sabrina ihr bei. »Was Idiotischeres konnte dir wirklich nicht einfallen.«

»Darf man vielleicht erfahren, was die Aufregung soll?«, fragte ich. »Was ist überhaupt los?«

»Deine Katze hat das Kostüm der Prinzessin zerfetzt, das ist los!«

Wie der Blitz sauste ich die Treppe zur Requisitenkammer hoch und stieß die Tür auf. »Oh nein«, murmelte ich. »Das darf doch nicht wahr sein!«

Es war aber wahr. Das Kleid der Prinzessin lag zerrissen auf dem Fußboden. Der Rock sah aus, als hätte die Katze sich die Krallen daran geschärft. Ich stand wie vor den Kopf geschlagen.

»Und nun?« fragte Miriam. »Das kannst du höchstens noch im Fasching anziehen – zum Lumpenball.«

»Das kriegen wir nie im Leben geflickt«, meinte Lenelotte.

Ich wusste nicht, was ich sagen sollte.

Die Katze hatte sich unter ein Regal geflüchtet. Man sah von ihr nicht viel mehr als die gelben Augen.

»Mistvieh!«, schimpfte Leif.

»Lass sie in Ruhe!« rief Nele. »Ich hab euch doch schon hundertmal gesagt: Sie war's bestimmt nicht.«

»Ach! Dann warst du es wohl selbst, was?«, sagte Sabrina spitz. »Ja, echt, da bringst du mich überhaupt auf etwas. Was hast du eigentlich gestern Abend noch hier gemacht?«

»Sabrina und ich haben Nele nämlich hier gesehen«, erklärte Miriam.

»Mit einer Schere«, fügte Sabrina bedeutungsvoll hinzu.

Nele bekam einen roten Kopf. »Was . . . was

wollt ihr denn damit andeuten?«, stotterte sie. »Glaubt ihr etwa, ich hätte das Kostüm kaputtgemacht? Weshalb denn nur?«

»Weil du sauer warst, deshalb«, sagte Miriam.

»Genau«, nickte Sabrina. »Stinkesauer. Weil Feli die Hauptrolle gekriegt hat und nicht du.«

»Hört auf mit der Stänkerei!«, sagte Anna. »So, wie es im Moment aussieht, wird überhaupt keiner irgendeine Rolle spielen.«

»Ja. Die Aufführung ist gestorben«, meinte Leif. »Oder wie seht ihr anderen das?«

Einige murmelten zustimmend.

Nele schien zu schwanken, ob sie heulen oder auf Miriam und Sabrina losgehen sollte. »Wieso hackt ihr auf mir herum?«, fragte sie schließlich. »Ich habe mit der Schere bloß eine Milchtüte aufgeschnitten, damit die arme Katze was zu fressen kriegte.«

Nele deutete auf eine leere Untertasse in der Kammerecke. »Und den Karton mit Katzenstreu hab ich auch hingestellt. Irgendwo muss das Tier ja sein Geschäft erledigen, oder?«

Sie machte eine Pause, blickte Miriam und Sabrina mit gerunzelter Stirn an und sagte dann: »Als ich gegangen bin, war das Kostüm noch heil, das kann ich beschwören. Aber wie sah es aus, nachdem ihr hier wart? Was habt ihr getrieben?«

»Nun halt mal die Luft an, ja?«, begann Sabrina, aber Nele ließ sie nicht zu Wort kommen.

»Oh nein, das könnte euch so passen! Wenn ihr mich gesehen habt, dann seid ihr jedenfalls auch hier gewesen. Ich habe die Katze versorgt. Aber ihr? Was hattet ihr hier zu tun?«

»Also, das ist der Gipfel!«, rief Miriam.

»Wieso?«, mischte Lenelotte sich ein. »Hast du gestern, als Feli weg war, nicht rumgetönt, du wärest total dagegen, dass sie die Hauptrolle kriegt?«

Jetzt war es Miriam, die einen roten Kopf bekam. »Aber doch nicht so!«, protestierte sie. »Ich würde nie im Leben das Kostüm zerschneiden!«

»Ach nee, und was dann?«

»Ich . . . ich . . .« Miriam verstummte.

Nun redeten alle durcheinander. Die einen ergriffen für Miriam, die anderen für Nele Partei. Die einen schimpften, weil ich die Katze überhaupt hierher gebracht, die anderen, weil ich mich nicht richtig um die Katze gekümmert hatte. Viel hätte nicht gefehlt und jeder wäre auf jeden losgegangen. Unsere Stimmung war noch mieser als das Wetter draußen und das war weiß Gott scheußlich genug. Regen klatschte gegen die Scheiben und der Wind stülpte die Regenschirme der wenigen Passanten um. Man hätte denken können, es wäre Herbst und nicht Mitte Juli.

Die Außentür flog auf und Jacob kam herein. In der allgemeinen Aufregung hatte ich sein Fehlen nicht bemerkt.

»Bin mal wieder spät dran, 'tschuldigung«, nuschelte er. Er sah schlimm aus. Sein Gesicht war zugequollen, die Augen waren nur noch Schlitze. »Heuschnupfen«, erklärte er, als ich ihn fragend anschaute. »So wie heute hat er mich schon lange nicht mehr gebeutelt.«

»Du Ärmster«, sagte ich mitfühlend. »Hoffentlich bist du am Sonntag wieder fit.«

Jacob guckte mich an, als hätte ich den Verstand verloren. »Du glaubst noch immer . . .?«

»Aber ja«, sagte ich vergnügt. Und zu Nele sagte ich: »Zieh deinen Anorak mal wieder aus. Wir wollen mit der Probe anfangen.«

»Probe?«, wiederholte Nele grimmig. »Mit euch soll ich proben? Nach dem, was man mir da in die Schuhe schieben wollte?«

»Ach komm«, sagte ich begütigend. »Das war ja nicht ernst gemeint. Wir waren wegen des Kostüms so unheimlich nervös.«

»Ach«, warf Miriam höhnisch ein. »Und jetzt sind wir ganz cool, ja? Irgendjemand hat unser schönstes Kostüm zerfetzt, aber macht ja nichts. Du besorgst uns bis Sonntag ein neues. Und dann fahren wir nach Lüneburg und gewinnen den ersten Preis, stimmt's?«

»Genau«, bestätigte ich.

Die anderen starrten mich sprachlos an.

»Darf man vielleicht erfahren, woher du auf die

Schnelle ein Kostüm kriegst?«, fragte Nele.
»Vom Weihnachtsmann oder von wem?«
»Nee«, sagte ich triumphierend. »Von . . .«

Wie auf Kommando guckten alle erst zum Fenster und dann Jacob an. Der wurde abwechselnd rot und blass.

»Du bist gestern ahnungslos in die Requisitenkammer gegangen, hast mein Kleid zerschnippelt und erst zu spät bemerkt, dass die Katze dort war. Stimmt's?«, fragte ich.

Jacob presste die Lippen aufeinander.

Nun fielen alle über Jacob her. Fast tat er mir Leid. Wie ein armer Sünder stand er da mit seinem Katzenallergiegesicht.

»Na komm schon«, sagte ich. »Düs los zu deiner Mutter. Sie soll uns das schickste Prinzessinnenkostüm aus dem Opernfundus leihen. Meinst du, dass das klappt?«

Jacob nickte heftig und verschwand wie der Blitz.

Miriam meinte mit einem verlegenen Seitenblick auf mich: »Ich hoffe, er bringt ein Superkostüm für Feli mit. Ich hab mal ein Stück gesehen, Schwanensee oder wie das hieß, also da waren unheimlich schöne Kostüme drin.«

»Wir spielen aber nicht Schwanensee, sondern die Fernsehprinzessin«, sagte ich. »Wollen wir nicht endlich anfangen?«

Die anderen waren einverstanden. Ich suchte gerade meinen Text zusammen, da meinte Nele: »Komisch. Der eine hasst das Theaterspielen, der andere kann sich nichts Schöneres vorstellen. Ich würde einfach *alles* spielen.« Sie dachte einen Augenblick nach und sagte dann: »Vielleicht nicht gerade einen Schwan, aber den See brächte ich glatt.«

Ich konnte nicht anders, ich musste lachen. Die anderen fielen ein und am lautesten lachte Nele. Und diesmal klang es ganz ehrlich.

»Von Jacob.«

»Von mir? Du spinnst wohl«, sagte Jacob aufgebracht. »Wie komme ich denn dazu, dir ein neues Kostüm zu beschaffen?«

»Ganz einfach: weil du meines kaputtgemacht hast.«

»Das musst du mir erst mal beweisen! Du kannst hier doch nicht einfach irgendwelche wilden Behauptungen aufstellen.«

Die anderen guckten unschlüssig zwischen Jacob und mir hin und her.

»Na schön«, sagte ich. »Du verlangst Beweise, hier sind sie: Du hast schon am Dienstag gewusst, dass Britta krank ist, uns aber kein Sterbenswörtchen gesagt, damit wir auf gar keinen Fall mit einer anderen Besetzung proben konnten. Du hattest dich näm- lich schon für die Judowettkämpfe am Sonntag angemeldet. Als ich dann für Britta einsprang, kriegtest du Schiss. Du hast erst mal die Zettel mit den Entwürfen verschwinden lassen. Und sicherheitshalber hast du dann auch noch mein Kleid zerfetzt.«

»Quatsch!«, krächzte Jacob. »Alles Quatsch! Du reimst dir Gott weiß was zusammen und nennst das Beweise. Ich hab' keine Ahnung, was mit deinem Kleid passiert ist.«

»Komm mit in die Requisitenkammer«, sagte ich arglistig. »Ich zeige es dir.«

»Keine zehn Pferde kriegen mich da rein!« wehrte Jakob er- schrocken ab. »Mit meiner . . .« Er stockte mitten im Satz und sah mich hilflos an.

»Eben«, sagte ich. »Mit deiner Katzenallergie. Du hast nämlich keinen Heuschnupfen. Wo sollten denn die Pollen herkommen, bei dem Regenwetter.«

Lösung zu
»Hals- und Beinbruch!«

Scherben bringen Pech

Mein Bruder Erik setzte seine Baseballmütze verkehrt herum auf und zog seine ältesten Turnschuhe an.

»Rasen mähen, bei Hennigs«, erklärte er, als ich ihn fragend ansah.

Ich seufzte neidvoll. »Irgendeine Quelle zur Aufbesserung meines Taschengeldes könnte ich auch brauchen«, sagte ich. Erik hatte gleich drei: Rasen mähen bei Hennigs und Stutzmanns, Leergut sortieren im Getränkeshop und außerdem durfte er ab und zu auch noch Nachbars Wagen waschen. Ich fand das total ungerecht. Nicht, dass ich es meinem Bruder nicht gegönnt hätte. Aber wieso hat einer drei oder sogar dreieinhalb Freizeitjobs und der andere gar keinen?

»Was ist mit Babysitten bei Jordans?«, erkundigte Erik sich.

»Hör bloß auf!«, sagte ich. »Die brauchen keinen
Babysitter, die brauchen einen Dompteur.«

Mir wurde jetzt noch heiß und kalt, wenn ich
daran dachte. Das waren vielleicht Gören gewesen! Geprügelt hatten die sich, dass die Fetzen
flogen. Ich war dazwischengegangen und zum
Dank hatte mir das Mädchen sein Abendessen
in die Haare geschmiert. Irgendein klebriges
Zeug, in Milch aufgelöste Kaugummis oder so.
Es hatte noch tagelang beim Kämmen geziept.

Und der ältere Junge hatte mich vors Schienbein getreten, richtig mit voller Wucht. Also, wer bin ich denn, dass ich mich von zwei Kindergartentypen fertig machen lasse! Ich hatte mir die beiden geschnappt und sie geschüttelt, bis ihnen die Luft wegblieb. Als dann die Mutter dieser reizenden Kinder nach Hause kam, fand sie mein Verhalten unmöglich. *Mein* Verhalten! Und auf mein Geld warte ich noch heute. So viel zu meinen Erfolgen als Babysitter.

»Na schön«, sagte Erik. »Meinetwegen kannst du mitkommen und mir helfen.«

Das hörte sich wer weiß wie großzügig an, aber

in Wirklichkeit sah es so aus: Mein Bruder kurvte auf einem Elektrotrecker über Hennigs' Rasen und ich durfte harken. Wie eine Bekloppte. Ich kannte das bereits, ich hatte es schon mehrmals gemacht. Erik hatte den Spaß, ich die Arbeit.

»Okay – zehn Mark«, forderte ich sachlich. Natürlich versuchte mein Bruder mit mir zu handeln. Er gab aber ziemlich schnell nach. Demnach waren zehn Mark wohl angemessen. Wir mussten ein ganzes Stück fahren. Erst mit der U-Bahn bis zur Endstation und dann noch mit dem Bus. Hennigs wohnten in der Vorstadt.

In einem großen Haus mit einem großen Grundstück. Allein der Rasen hatte die Ausmaße eines Fußballplatzes.

Für zwei ältere Leute war das alles meiner Meinung nach viel zu riesig. Zumal Herr Hennig krank war. Er hatte vor einiger Zeit einen Herzinfarkt gehabt und nun musste er sich schonen. Nicht, dass er im Bett gelegen oder im Rollstuhl gesessen hätte, das nicht gerade. Er wanderte herum, aber er durfte sich eben nicht anstrengen.

Seine Frau passte da höllisch auf. Da ging's nur immer: »Herbert! Bleib sitzen, ich hole dir schon die Zeitung!« Oder: »Hast du etwa geraucht, Herbert? Du weißt doch, dass es dir nicht bekommt.« Oder: »Zeit für dein Bad, Herbert!«

Und wenn er ein Gläschen trank, drehte sie beinah durch. Erik hatte das erlebt. »Sie hat sich aufgeführt wie eine Krankenschwester, der der Patient vom Operationtisch gesprungen ist«, hatte er erzählt.

Ich fand, dass Frau Hennig übertrieb. Schließ-

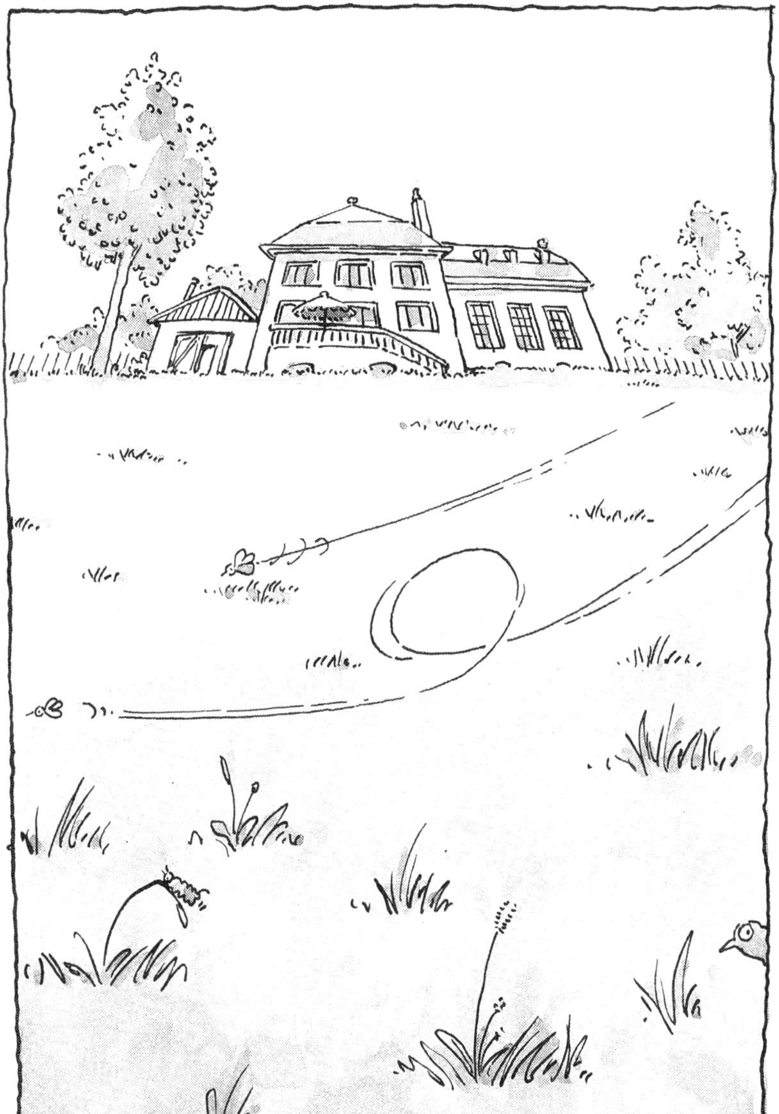

lich war ihr Mann alt genug. Er musste selbst wissen, was er zu tun oder zu lassen hatte. Jedenfalls verspürte ich nicht das geringste schlechte Gewissen, wenn ich ihm ab und zu ein paar Zigarren besorgte.

»Aber Vorsicht, junge Dame«, sagte er dann augenzwinkernd zu mir. »Lass dich nicht von meiner Winnie erwischen. Sonst können wir beide uns auf etwas gefasst machen.«

Winnie erwischte mich nicht und er schenkte mir gelegentlich zwei Mark. Fürs Holen. Ich fand ihn nett. Aber nicht nur wegen der zwei Mark, sondern auch sonst. Herr Hennig war ein großer, schwerer Mann, rotgesichtig und immer zu Späßen aufgelegt. Ganz anders als seine Frau Winnie. Die war klein, dürr, zwar nicht gerade unfreundlich, aber kurz angebunden. Ich glaube, Herr Hennig hatte vor seiner Frau Schiss und er tat mir ein bisschen leid.

Außerdem war Winnie furchtbar pingelig. »Die sieht ein Staubkorn aus fünfzig Metern Entfernung«, hatte Jelena mir einmal gesagt. Jelena

Grodnio war nur ein paar Jahre älter als ich. Sie und ihre Mutter putzten bei Hennigs. Immer wenn Erik und ich bei Hennigs arbeiteten, kamen auch die beiden Grodnios. Sie machten einen ziemlichen Spektakel bei der Putzerei. Sie klapperten und schepperten, sangen und lachten und stritten sich lauthals. Ich selbst hatte beobachtet, wie Frau Hennig mit säuerlicher Miene hinter ihnen herschlich und hier eine Vase zurechtrückte, dort ein Bild gerade hängte. Am liebsten hätte sie wohl selbst geputzt, aber dafür war, wie gesagt, das Haus zu groß . . .

Wenigstens war Winnie korrekt, was das Bezahlen anging. Erik musste nie auf sein Geld warten. Außerdem gab mir Frau Hennig Extrafahrgeld.

Ich meine, das hätte sie eigentlich gar nicht müssen, oder? Schließlich war es Eriks Sache, wenn er sich jemanden mitbrachte. Einen Privatkuli, sozusagen.

»Falls ihr Durst bekommt – ich stelle euch einen

Krug Früchtetee dorthin, ja?«, sagte Frau Hennig heute, während ich gerade darüber grübelte, wie die weibliche Form von Kuli lautet. Kulisse? Ich hätte beinah gekichert.

»Und ich? Was ist mit mir? Ich könnte auch einen Schluck vertragen, bei der Hitze«, maulte Herr Hennig.

Wenn seine Frau in der Nähe war, benahm er sich fast wie ein Kleinkind.

»Du?« Frau Hennig hob die Augenbrauen. »Du kannst auch Tee trinken oder Wasser.«

»Wasser!« Herr Hennig tat entrüstet. »Ich bin doch kein Gaul!«

»Sei nicht albern, Herbert!«, sagte Frau Hennig ruppig. »Du weißt, Alkohol ist Gift für dich. Im übrigen ist es Zeit für dein Bad.«

Herr Hennig seufzte ergeben. Er trug bereits seinen Bademantel. Ich dachte, dass ich mir etwas Schöneres vorstellen könnte, als mich bei dieser Hitze in eine Badewanne zu legen. Ins lauwarme Badewasser! Andererseits soll es ja Länder geben, da baden die Leute auch bei größter Hitze brüllheiß. China oder Japan, ich wusste es nicht genau und es war ja auch egal.

»Was ist, Feli, kommst du?« Erik ließ vor meinem Gesicht die Treckerschlüssel klirren. Ich schrak aus meinen Tagträumen auf. »Ja«, nickte ich.

»Also – wie gesagt: Tee und Gläser stehen hier auf dem Beistelltisch«, erinnerte Frau Hennig uns noch einmal, da polterten die Grodnios herein.

Jelena blieb mit dem Kabel des Staubsaugers unter der Tür hängen, riss und zerrte.

Frau Hennig stürzte hinzu. »Die Tür! Vorsicht! – Ach, Frau Grodnio, machen Sie erst einmal das Gästezimmer, ja? Wir bekommen heute nämlich Besuch. Mein Neffe.«

»Gut, gut«, sagte Frau Grodnio bereitwillig und Jelena murrte: »Das Ganze zurück, marsch, marsch!«

Herr Hennig nutzte die Gelegenheit und drückte mir rasch zwanzig Mark in die Hand.

»Holst du mir wieder ein paar Zigarren, mein

Mädchen? Du kennst ja die Marke«, sagte er halblaut.

»Havannesa«, erwiderte ich ebenso halblaut.

»Du bist ein Goldstück«, sagte er anerkennend.

»Und denk dran . . .«

». . . nicht erwischen lassen!«, vollendete ich seinen Satz.

Herr Hennig grinste und blinzelte mir verschwörerisch zu.

»Herbert!«, rief Frau Hennig.

»Ja, ja«, brummte er. Er verzog das Gesicht und stieg die Treppe vom Kaminzimmer ins Obergeschoss hoch.

Ich lief in den Garten. Dort drehte Erik schon seine Runden. Der Minitrecker arbeitete fast geräuschlos. Diesmal gab es sowieso nicht viel abzumähen. Nach dem ständigen Sonnenschein und der Trockenheit der vergangenen Tage war das Gras kaum gewachsen. Die abgeschnittenen Halme waren so kurz, dass sie mir ständig zwischen den Zinken der Harke durchrutschten.

»Ich glaube, ich sollte mir besser einen Besen holen und fegen«, sagte ich. Es war natürlich nicht ernst gemeint.

»Oder leih dir von Jelena den Staubsauger«, flachste Erik.

»Das Dumme ist nur: Auch der läuft nicht von allein«, gab ich zurück.

»Du bist aber auch nie zufrieden«, meinte Erik und legte sich behaglich in die Kurve. Ich trabte mit meinem Rechen hinter ihm her. Und obwohl die Ausbeute kläglich war, schwitzte ich wie ein Schwein. Als ich drei oder vier mickrige Häufchen zusammengebracht hatte, befahl ich mir die erste Pause.

»Ich gehe was trinken«, verkündete ich.

»Jetzt schon?«, fragte Erik.

»Jetzt schon«, bestätigte ich. »Außerdem muss ich noch was besorgen.«

»Für den lieben Herbert?«

»Mhmm.«

»Lass dich nicht von Winnie erwischen.«

»Wieso?«, fragte ich unschuldig.

»Weil sie diejenige ist, die uns bezahlt, deshalb«, erklärte mein Bruder. »Oder glaubst du, Herbert würde sich deinetwegen mit ihr anlegen?« Das glaubte ich nicht, aber ich sagte entschieden: »Ja.«

Erik tippte sich vor die Stirn.

Ich ging ins Haus. Frau Hennig hatte Eiswürfel in den Früchtetee gegeben. Die waren mittlerweile geschmolzen und so war der Tee schön kalt. Ich kippte zwei randvolle Gläser in mich hinein, unterdrückte einen Rülpser und schaute mich ungezwungen im Raum um: großer Kamin, schnörkelige Möbel, jede Menge Nippes, Vasen, Gläser, Bilder – das reinste Museum.

Oh nein! Was war das denn? Von einem Schrank grinste mich ein Totenschädel an. Den hatte ich bisher noch gar nicht bemerkt. Echt oder Plastik? überlegte ich und trat einen Schritt näher. Hmm. Wie Plastik sah das Ding eigentlich nicht aus. Andererseits, wer stellte sich einen echten Totenschädel ins Regal? Den von Oma Hiltrud

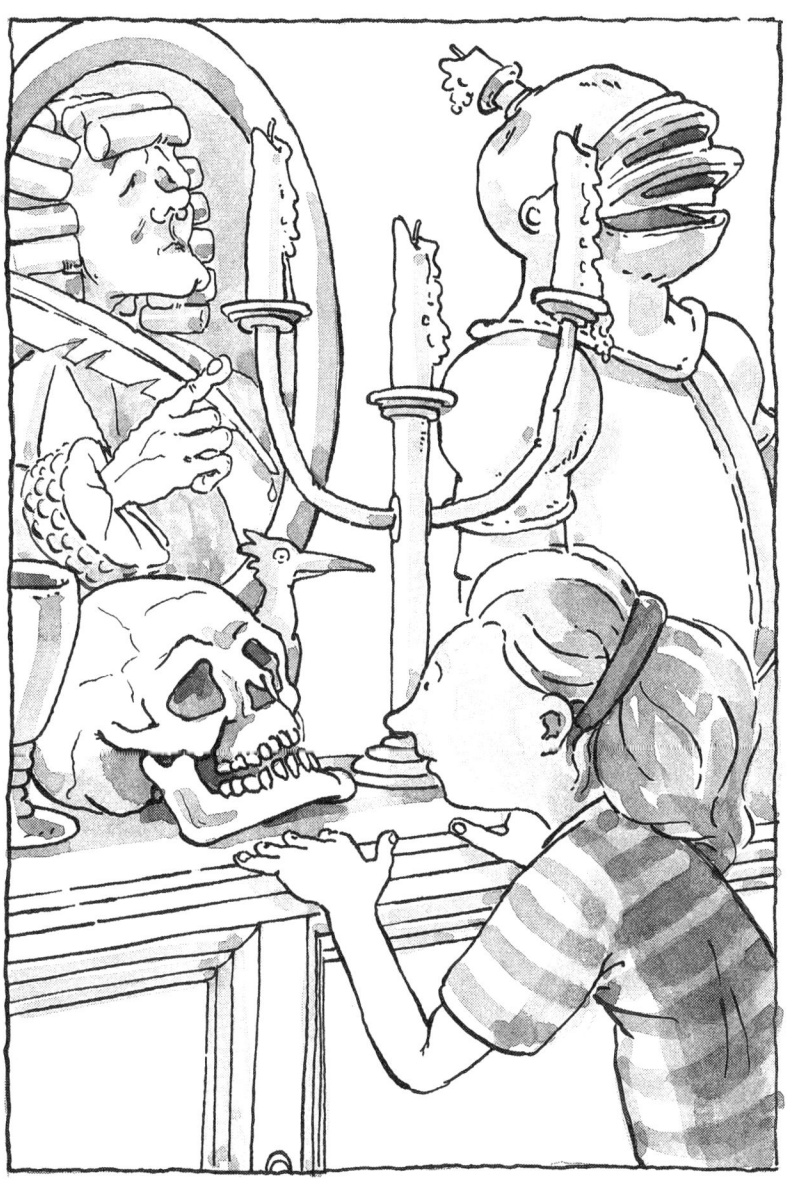

oder Tante Gerda vielleicht . . . Also, das war doch wohl irgendwie gruslig, oder?

»Nicht anfassen!«, zischte plötzlich eine Stimme hinter mir. Ich wäre vor Schreck beinah hinge-knallt.

»Jelena! Du hast sie wohl nicht alle«, schimpfte ich.

Jelena lachte leise. »Ich wollte dich ja bloß war-nen«, meinte sie. »Was glaubst du, was passiert, wenn du diesen niedlichen kleinen Grinsemann anfasst?«

»Na, was wohl«, sagte ich. »Adlerauge Winnie würde es sofort merken.«

»Das sowieso«, sagte Jelena. »Aber das Ding ist außerdem auch noch tückisch. Da ist nämlich ein Tintenfass drin, weißt du.«

»Ein Tintenfass?«, wiederholte ich ungläubig.

»Genau«, nickte Jelena. »Ich hab mir den Schädel mal etwas genauer anschauen wollen. Da ist plötzlich irgendwo ein Deckel aufgeklappt und meine Finger waren voller Tinte. Schöne Schwei-nerei. Ich hab gedacht, ich werd nicht mehr. Und

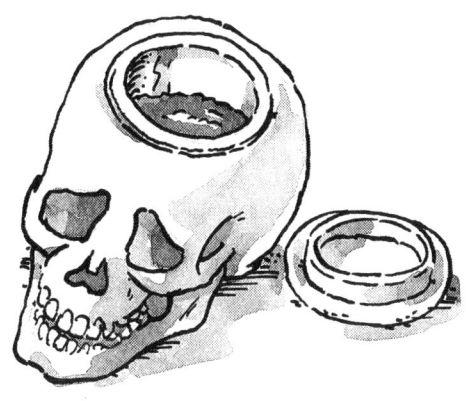

dann hat Winnie mich auch noch zur Schnecke gemacht. Was mir einfiele, hier herumzuschnüffeln, und so weiter. Ein Glück, dass wenigstens das Tintenfass heil geblieben ist. Sonst hätte Winnie mich vielleicht rausgeworfen.«

Jelena goss sich ebenfalls einen Eistee ein.

Ich konnte mich über den Totenschädel gar nicht beruhigen. »Abartig«, sagte ich. »Findest du das nicht auch abartig? Ein Totenschädel mit Tintenfass, also nee.«

Jelena zuckte die Achseln. »Na ja«, meinte sie. »Vielleicht hat Winnie ihn zur Abschreckung hingestellt. Für den guten Herbert. Damit der nicht immer an die Hausbar geht. Die ist nämlich direkt darunter.«

»Oh Mann, fast hätte ich es vergessen«, sagte ich. »Ich muss ja noch Zigarren holen.«

Ich ließ Jelena mit dem Totenschädel allein und machte mich auf die Socken. Zum Tabakladen war es nur um ein paar Ecken. Doch der Typ, der dort bediente, hatte anscheinend endlos Zeit. Stundenlang quasselte er mit irgendeinem Rentner, der offenbar ebenso viel Zeit hatte. Als ich endlich wieder aus dem Laden kam, wunderte ich mich direkt, dass noch immer die Sonne schien. Meiner Schätzung nach hätte es mittlerweile pechrabenschwarze Nacht sein müssen.

Ich ging durch Hennigs' Garten, dann brauchte ich nicht zu klingeln. Mein Bruder drehte noch immer seine Runden. Der gemähte Teil des Rasens war jetzt größer als der ungemähte.

»Sieht man dich auch mal wieder?«, fuhr Erik mich an. »Ich frage mich, wozu ich dich überhaupt mitgenommen habe.«

»Ach komm«, sagte ich. »So lange war ich ja nun auch nicht weg. Und außerdem – ob ich dieses bisschen Gras wegharke oder liegen lasse, das merkt doch kein Aas.«

»Sag das mal Winnie«, erwiderte Erik verdrossen. Er war wohl echt sauer auf mich. Ich hatte beinah ein schlechtes Gewissen.

»Ich bringe Herbert nur noch rasch die Zigarren, ja?«, sagte ich beschwichtigend, worauf Erik etwas wie »auch das noch« knurrte.

Im Kaminzimmer war niemand. Nebenan hörte ich gedämpft die Stimmen von Frau Grodnio und Frau Hennig. Die Luft schien rein zu sein. Ich lief die Treppe hoch.

Die Tür zum Badezimmer stand offen, Herr Hennig war nicht mehr drin. Das Badewasser hatte er nicht abgelassen; es reichte noch bis zum Überlauf, wie ich mit einem raschen Blick sah. In Herrn Hennigs Zimmer summte ein Fön.

Ich klopfte. »Herr Hennig! Ihre Zigarren, Herr Hennig!«, rief ich leise.

Er öffnete die Tür einen Spaltbreit und starrte mich an, als kennte er mich gar nicht.

»Die Zigarren«, wiederholte ich ein wenig ratlos.

»Ach, du bist es, mein Mädchen«, sagte er erleichtert. »Ohne Brille sehe ich kaum noch etwas . . .«

Ich drückte ihm Zigarren und Wechselgeld in die Hand. Er besah sich alles mit kurzsichtigen Augen, als versuchte er herauszufinden, welches Geldstück er mir zurückgeben sollte. In diesem Moment ertönte von unten Frau Hennigs scharfe Stimme: »Herbert! Bist du im Bad, Herbert?«

Herr Hennig legte einen Finger auf die Lippen. Ich nickte. »Was gibt's denn?«, rief er zurück.

»Sieh dir das hier mal an! Also, das ist wirklich allerhand. Wer hat denn die Vase kaputtgemacht? Warst du das, Herbert?«

»Ich? Wie kommst du denn darauf, Winnie? Ich bin überhaupt nicht unten an der Bar gewesen. Ich bin gerade eben aus der Wanne gestiegen

und direkt in mein Zimmer gegangen«, erklärte Herr Hennig.

»Ach nein, ich könnte weinen«, sagte Frau Hennig, aber ihre Stimme klang absolut nicht weinerlich. »Die schöne Vase! Hast du denn nichts gehört, Herbert?«

»Nein«, gab er zurück. »Ich hab's dir doch schon gesagt: Ich habe bis eben in der Wanne gelegen und danach habe ich mir die Haare gefönt. Dabei hört man sowieso nichts. Warte, ich ziehe mich nur schnell an, dann sehe ich mir den Schaden einmal an, ja? Vielleicht kann man das Glas ja wieder kleben . . .«

»Unsinn«, erwiderte seine Frau grob. »Aber ich finde schon heraus, wer das angestellt hat. Hoffentlich haben Grodnios wenigstens eine Versicherung, wenn es denn Jelena war, diese neugierige Trine. Oder die Eltern von Felicitas und Erik, falls es einer von den beiden war.«

Ich blies die Backen auf. Herr Hennig hob beschwichtigend die Hände. Klar, er wollte nicht, dass seine Winnie mich hier oben antraf. Doch wie kam ich dazu, mich von ihr verdächtigen zu lassen?

Unten entfernten sich energische Schritte. Herr Hennig wollte mir ein Zeichen geben, aber da war ich bereits auf der Treppe und im Kaminzimmer.

Bevor ich die Tür zum Garten erreichte, kam Frau Hennig schon wieder zurück. Die Grodnios folgten ihr auf dem Fuß.

»Ah, Felicitas. Gut, dass du gerade hier bist«, sagte Frau Hennig. »Hast du vielleicht versehentlich die Glasvase heruntergestoßen?« Sie musterte mich streng.

»Nein«, erwiderte ich wahrheitsgemäß. »Welche denn?«

»Die dort, über der Bar.« Frau Hennig deutete mit dem Kopf in Richtung Totenschädel. Ich stellte fest, dass er anders lag als zuvor. Er grinste jetzt eindeutig mehr nach links.

»Sie meinen das Glas, das neben dem . . . dem Ding dort gestanden hat?« Um ein Haar hätte ich »neben dem Tintenfass« gesagt. Dann hätte

Frau Hennig natürlich wissen wollen, woher ich wusste, dass in dem blöden Totenschädel ein Tintenfass war.

»Genau«, nickte Frau Hennig. »Eine Vase aus der Römerzeit.«

Ich hob die Schultern.

»Ich hab sie jedenfalls nicht angerührt«, sagte Jelena entschieden.

»Und wenn«, rief Frau Grodnio erschrocken. »Wir werden den Schaden bezahlen! Wir . . .«

»Haben Sie eine Vorstellung, wie viel so eine Vase kostet?«, unterbrach Frau Hennig sie.

»Ist doch egal«, sagte Jelena. »Mir jedenfalls. Ich hab sie wirklich nicht kaputtgemacht und meine Mutter auch nicht. Warum sollten wir also irgendwas bezahlen?«

Eine Zeit lang herrschte ungemütliches Schweigen.

»Nun«, sagte Frau Hennig schließlich. »Da es von uns hier niemand war, bleibt nur der junge Mann draußen im Garten.«

Wie es der Zufall wollte, kam »der junge Mann«

gerade in diesem Augenblick zur Terrassentür herein. Wahrscheinlich wollte Erik nachschauen, wo ich so lange blieb. Oder er war mittlerweile fertig und wollte sein Geld bei Frau Hennig abholen.

»Ah, gut, dass du kommst«, sagte sie zu ihm und wollte dann wissen, ob er in der Zwischenzeit hier im Raum gewesen sei.

»Wieso?«, fragte Erik errötend. »Ich habe Tee getrunken, ja. Sie hatten es uns doch angeboten, oder?« Erik reckte sein Kinn herausfordernd vor und steckte seine Hände in die Hosentaschen.

»Ich habe es euch angeboten«, bestätigte Frau Hennig und behielt meinen Bruder im Auge. »Könnte es sein, dass du dabei etwas umgestoßen hast? Versehentlich, meine ich?«

»Nein«, sagte Erik. »Das habe ich nicht. Weder absichtlich noch versehentlich. Sonst hätte ich es Ihnen gesagt.«

Ich bemerkte, dass seine Hände sich in den Taschen zu Fäusten ballten.

»Und du bist ganz sicher?«, bohrte Frau Hennig nach.

Erik nickte. »Worum geht es überhaupt?«

»Ich war's jedenfalls auch nicht«, wiederholte Jelena noch einmal.

»Und ich auch nicht«, sagte ich.

»Na, dann ist die Vase wohl von selbst aus dem Regal gesprungen«, meinte Frau Hennig spöttisch. »Oder der Totenschädel mit dem Tintenfass hat sie hinuntergeworfen. Der liegt jetzt nämlich anders als vorher.«

Hätte mich auch gewundert, wenn Adlerauge Winnie das nicht bemerkt hätte, dachte ich.

Frau Hennig begann die Glasscherben aufzusammeln. Jelenas Mutter kniete sich sofort daneben und half. Wir anderen standen herum und guckten belämmert.

»Ich wollte eigentlich nur Bescheid sagen, dass ich mit dem Rasenmähen fertig bin«, fing Erik schließlich an.

»Gut«, sagte Frau Hennig knapp. »Ich gebe dir sofort das Geld.«

»Sie können's Feli geben. Ich habe total schmutzige Finger«, sagte Erik, machte auf dem Absatz kehrt und marschierte in Richtung Haustür.

Ganz was Neues, dachte ich. Seit wann hat er vom Treckerfahren so schmutzige Finger, dass er damit nicht einmal Geld anfassen kann?

»Nun, mein Lieber, Arbeit schon beendet?«, ertönte in diesem Moment Herrn Hennigs Stimme von der Treppe her. »Heute war ja auch nicht besonders viel zu tun, nicht wahr?«

»Nein«, bestätigte mein Bruder. »Es ging so.«

Herr Hennig tappte schwerfällig die Stufen herab. »Nanu«, sagte er überrascht, als er uns alle versammelt vorfand. »Was macht ihr denn für Gesichter? Hat es euch die Petersilie verhagelt?«

»Lustig, Herbert. Wirklich sehr lustig«, sagte Frau Hennig.

»Mein Gott, Winnie«, meinte Herr Hennig versöhnlich. »Es ist doch bloß ein Gegenstand. Und wie sagt man so schön: Scherben bringen Glück.«

»Nicht in diesem Fall«, widersprach Frau Hennig. »Das siehst du schon daran, dass hier keiner die Verantwortung für den Schaden übernehmen will. Also haben wir Pech.« Sie erhob sich von den Knien und blickte uns der Reihe nach durchdringend an.

Ich spürte, wie mir das Blut zu Kopf stieg. Musste ich mich erst verdächtigen und dann auch noch als Feigling von ihr hinstellen lassen? Ich hatte die Vase nicht auf dem Kerbholz. Aber ich wusste, wer es getan hatte.

»Kommen Sie, Herr Hennig«, sagte ich. »Es kann ja nur Ihnen passiert sein.«

Er sah mich verblüfft an. Sein rotes Gesicht wurde noch eine Spur röter.

»Sie wollten das Tintenfass zurechtrücken, hatten Ihre Brille nicht auf und wahrscheinlich haben Sie deswegen gar nicht bemerkt, dass Sie gegen die Vase gestoßen sind. Das Glas ist so dünn ... War es nicht so, Herr Hennig?«, drängte ich.

Ob es sich tatsächlich so abgespielt hatte oder

nicht – Herr Hennig schnappte nach dieser Erklärung wie der Hund nach einem Knochen.

»Mein Gott, ja«, bekannte er. »Jetzt, wo du es sagst, da denke ich, es könnte wirklich so gewesen sein.«

»Hast du nicht vorhin gesagt, du seist überhaupt nicht an der Bar gewesen?«, fragte Frau Hennig.

»War ich auch nicht«, versicherte er. »Nun gut, ich geb's zu: Ich wollte mir eigentlich einen Drink mixen. Aber dann fiel mir ein, was du immer sagst, Winnie, und ich entschloss mich lieber bei Tee zu bleiben. Und gleichzeitig merkte ich, dass der Totenkopf vorn im Regal auf der Kippe stand. Fast wäre er heruntergefallen. Also habe ich ihn weiter nach hinten geschoben . . .«

Herr Hennig erzählte noch dies und das und seine Frau schüttelte dazu den Kopf. Vermutlich glaubte sie ihm nicht die Hälfte von seiner Rede. Womöglich dachte sie sogar, er wollte bloß einen von uns decken. Aus Menschenfreund-

lichkeit, Gutmütigkeit oder was weiß ich. Es war ja auch egal. Ich hoffte, so würde sich die Sache für ihn einigermaßen friedlich lösen. Ich mochte ihn nämlich wirklich, auch wenn er ein ziemlicher Feigling war.

»Mann, Feli, woher hast du denn gewusst, dass Herbert der Vasenkiller ist?«, fragte mein Bruder, als wir zur Bushaltestelle trabten. »Hast du's gesehen? Hat er es dir erzählt oder was?«

Ich schüttelte den Kopf.

»Sondern?«

»Kombiniert«, sagte ich grinsend. »Darin bin ich nämlich gut.«

»Scheint so«, meinte Erik trocken. »Jedenfalls kannst du das besser als harken. Nun sag schon – wie bist du auf Herbert gekommen?«

»Sie wollte doch unbedingt wissen, wer der Täter ist«, sagte ich achselzuckend.

»Davon hat sie aber nichts«, meinte Erik. »Da Herbert es war, zahlt die Versicherung keinen Pfennig.«

»Pech«, sagte ich.

Erik nickte. »Immerhin, das war ganz schön clever, Feli. Vor dir muss man sich direkt in Acht nehmen.«

»Ach was«, sagte ich. »Du doch nicht. Du darfst jetzt sogar deine Hände wieder aus den Taschen nehmen. Winnie sieht die Tintenfinger ja nicht mehr.«

Erik schnappte nach Luft. Erst nach einer ganzen Weile knurrte er: »*Ich* habe die blöde Vase wirklich nicht kaputtgemacht.«

»Das weiß ich«, sagte ich. »Es war Herbert. Aber ich weiß auch, dass du den Totenschädel angefasst hast, stimmt's? Und dabei ist dir dasselbe passiert wie damals Jelena: Du hattest blaue Tinte an den Fingern. Du bist tüchtig erschrocken und hast den Totenschädel einfach irgendwohin gestellt. Der kurzsichtige Herbert hätte ihn beinah runtergerissen, als er die Bar öffnen wollte. Na ja, den Rest kennen wir.«

Erik schwieg einen Moment. »Nett, dass du Winnie gegenüber nichts erwähnt hast von meinen Tintenfingern«, meinte er dann.

»Dafür kriegst du auch die zehn Mark. Für deine Hilfe beim Rasenmähen hätte ich sie dir nämlich nicht gegeben, weißt du.«

»Du bist aber auch nie zufrieden«, seufzte ich.

»Also«, sagte ich, »zuerst einmal hat Herbert behauptet, er sei aus der Wanne gestiegen und unmittelbar in sein Zimmer gegangen. Aber das konnte nicht stimmen. Das Wasser reichte nämlich bis zum Überlauf, verstehst du?«

»Nein«, sagte Erik.

»Na, überleg doch mal: Höher als bis zum Überlauf kann das Wasser nicht steigen, sonst fließt es ab. Dafür ist der Überlauf schließlich da, richtig?«

»Richtig.«

»So. Was hätte demnach passieren müssen, als der dicke Herbert die Wanne verlassen hatte?«

»Das Wasser hätte nicht mehr bis zum Überlauf gestanden, der Wasserspiegel wäre gesunken.«

»War er aber nicht. Dafür gibt es nur eine Erklärung: Herbert hatte das Wasser nicht abgestellt, nachdem er aus der Wanne gestiegen war.«

»Um nach unten an die Bar zu gehen?«, fragte Erik zweifelnd.

»Okay, das ist nur eine Vermutung«, gab ich zu. »Aber als Winnie wegen der Vase jammerte, da hat Herbert sofort gesagt, er sei nicht an der Bar gewesen, und er sprach davon, dass man das Glas wieder kleben könne. Woher wusste er, dass es um die Glasvase über der Bar ging? Es hätte ja auch die Porzellanvase über dem Kamin sein können. Oder die große Glasvase neben dem Eingang. Oder eine dieser scheußlichen Keramikvasen oben auf dem Regal oder . . .«

»Ja, ja, schon gut, da hat Herbert sich verquatscht«, pflichtete Erik mir bei. »Winnie ist in jedem Fall stinkesauer.«

Lösung zu
»Scherben bringen Pech«

EIN FALL FÜR KWIATKOWSKI

Jürgen Banscherus

Die Kaugummiverschwörung
Wieso verschwinden plötzlich ausgerechnet Kwiatkowskis Lieblingskaugummis regelmäßig aus Olgas Kiosk? Klar, dass sich der Detektiv auf Spurensuche begibt…

Die verschwundenen Rollschuhe
Fritz, der Pizzabote auf Rollschuhen, bittet Kwiatkowski um Hilfe: Seine Rollschuhe sind ihm bei der Arbeit geklaut worden. Kwiatkowski übernimmt den Fall, der zuerst ziemlich einfach scheint…

Das blaue Karussell
Auf der Kirmes geschehen merkwürdige Dinge. An Wilhelms berühmtem Karussell beschädigt irgendjemand immer wieder die Stromkabel, sodass es entweder nur rückwärts läuft oder überhaupt nicht funktioniert.

Tore, Tricks und schräge Typen
Beim FC Holunderweg ist etwas foul. Genauer gesagt bei Supertorwart Oliver, der sonst keinen Ball reinlässt und nun schon zwei Spiele vermasselt hat. Kurz entschlossen wirft sich Kwiatkowski selbst das Sporttrikot über und kommt als Ersatztorwart ganz groß raus.

Krach im Zirkus Zampano
Im Zirkus Zampano gibt es Krach. Vanessa unterläuft bei der Vorstellung immer der gleiche Fehler. Dabei ist sie sonst die Beste! Kwiatkowski übernimmt den Fall – und stellt fest, dass nicht alle krummen Dinge mit krimineller Energie gedreht werden…

Jeder Band: 72 Seiten. Gebunden. Zahlreiche Illustrationen. Ab 8

Arena